KB194963

생명의 아픔

생명의 아픔

산문 박경리

다산
책방

차
례

제1부
생명의 아픔

제2부

생명의 문화

제3부

자본주의의 시간

제4부

생명의 땅

제1부

생명의 아픔

1. 무한유전의 생명

매번 그렇지만 서울 갈 때는 나도 모르게 몹시 설렌다. 혈육과 친지, 많은 친구들이 모두 그곳에 있고 15년을 살았어도 낯설기만 한 원주를 떠난다는 생각에서 그런 걸까. 아니 그렇다기보다 35년간의 고통스러웠던 시절을 묻어둔 서울, 그 고통스러웠던 시절에 대한 애정과 그리움 같은 것이 있어서 그런지 모르겠다.

돈암동 길모퉁이를 스쳐가던 바람, 정릉 골짜기의 물소리, 서대문 하늘가의 그 붉은 노을이며, 그리고 흑석동 고갯길을 오르내릴 때 내려다보았던 한강, 겨울 철새들은 애처로운 몸짓을 하고—그런 것들이 고달팠던 삶을 그 얼마나 받쳐주고 부축해 주었는지 이제는 알 것 같다. 더함도 덜함도 없이 있는 그대로의 품이 얼마나 넓고 포근했는지 이제는 알 것도

생명의 아픔

같다.

작은 콩새 한 마리 매달리듯 차창에 몸을 붙이고 지나가는 풍경을 골똘히 바라본다. 서울로 가는 길 언저리의 산천은 언제 보아도 새롭다. 나 자신 한 그루 나무가 되어가는 것 같기도 하고 풀잎들이 나의 내부에서 일렁이고 있는 것 같기도 했다. 생명의 몸짓 소리들이 드높은가 하면 낮게 아주 나직이 속삭이듯, 그 모든 살아 있는 것들은 제각기의 분위기, 표정을 지니면서, 또 그 살아 있는 것들이 군집한 산들로 각기 독특한 제 자신의 표정을 지니면서 숨 쉬고 있었다. 새삼스러운 일도 아니지만 살아 있다는 것은 아름답다. 살아 있다는 것에 대한 인식 이상의 진실은 없다. 그래서 우리는 고통까지 겪안으며 살아가는 것인지 모르겠다.

음악을 들려주면 닭은 알을 많이 낳는다던가. 식물도 음악을 들려주면 성장이 빨라지고 질이 좋아진다고 했다. 농촌에서는 더러 그 방법을 도입하고 있다 하니 그것은 사실인 모양이다. 극진히 돌보아 주는 사람이 다가오면 식물은 그 사람 쪽으로 기울며 반응을 나타낸다는 얘기도 어디서 들은 기억이 있다. 왜 그럴까. 기뻐하고 어여뻐하기 때문일 것이다. 어째서 기뻐하고 어여뻐하는 걸까. 생명은 모두 능동적으로 움직이는 것으로서 그것을 영성靈性이라 하여도 무방할 것이며 그 영성으로 하여금 감정을 나타내게 한 것이 아닐까. 하면 그들은 슬퍼하기도 할 것이다. 기뻐할 수 있다면 슬퍼하지 않을 리가 없다.

재작년이었던가 일산 신도시에 있는 정발산에 올라간 적이 있었다. 정발산 기슭을 향해 개발의 굉음이 사방에서 물밀듯 밀려오고 있을 때였다. 나는 산길을 헤치고 들어가면서 야윈 소나무들이 절망과 공포에 떨고 있는 듯한 느낌을 강렬하게 받았다. 원주에서도 회갈색으로 변한 밭둑길, 들판을 바라본 일이 있었는데 제초제를 뿌린 죽음의 자리였다. 그때 종말 같은 공포가 뇌리를 스쳐 지나갔다. 파헤치고 무너뜨린 산림, 헤아릴 수 없는 초목이 쓰러진 현장을 보았을 때도 참혹한 학살을 실감했다.

왜 그래야만 하는가. 우리가 살기 위하여, 당연히 대답은 그렇게 준비되어 있을 것이다. 우리가 매일 부딪히는 대답이 그것이며 우리의 입을 막고 어리석은 몽상가, 이상주의자로 치부하며 조용하게 있는 것도 산다는 문제의 그 정당성 때문일 것이다. 그러나 인류의 생존을 위한 오로지 그 이유 하나뿐이라면 지구는 결코 병들지는 않을 것이다. 생물이 생존하는 것은 순리일 뿐만 아니라 지구 자체가 거대한 생명체로서 모든 생물, 생명과 불가분의 관계가 있기 때문이다.

보다 절실하게 말한다면 지구와 모든 생명은 공동체이며 같은 운명이다. 살기 위하여 지구를 파괴한다는 것은 진실이 아니며 죽기 위하여 지구를 파괴한다고 해야만 옳다. 누구나 다 알다시피 죽은 별에는 공기가 없고 물이 없으며 생물도 없다. 사람의 경우도 마찬가지다. 물이, 공기가, 생물이 없다면 존재할 수 없고, 억조창생億兆蒼生 일체가 그 생존의 조건이 같으며 능동적으로 대처하는 기능도 같아서 일사불란하게 순환해 왔던 것이다. 그랬던 것이 20세기에 들어서면서, 본래부터 인간은 만물의 영장으로 자부해 오긴 했지만 여하튼 20세기 초반, 인류는 조물주의 창조 능력과 자연을 통제하는 권한을 물려받기라도 한 것처럼 굴면서 지구의 사정은 달라지기 시작했다. 그것은 불행한 일은 아니었다. 불행은 능력을 옳게 쓰지 못하고 권한을 올바르게 행사하지 못한 데서 비롯된다.

사실 오늘날 인류는 달나라로 가는 일보다 파괴된 지구를 복구하고 뚫린 오존층을 꿰매는 일이 보다 시급하다. 있어야 할 것은 있게 하고 없어도 무방한 것, 있어서 해독이 되는 것은 없게 하라고 역사는 우리에게 가르쳐준다. 문화의 지류支流인 문명이 주류로 변할 때 생존과 무관한 잡동사니는 범람하게 마련이며 멸망은 그 시기에 다가오는 것이다. 역사에서 그렇게 멸망한 예를 우리는 적잖이 보아왔다. 다만 과거에는 어느 지역, 어느 국가, 어느 민족에 한한 것이었기에 설사 그 문명으로 하여 황폐해졌다 하더라도 부분에 지나지 않았지만 발전이라든지 생활 향상이라는 강력한 구호 아래 오늘은 지구 전반에 걸쳐 나타난 현상이라는 데 문제의 심각성이 있다.

그야말로 공룡과도 같이 지축을 흔들어대는 자본주의는 기실 지구를 위시하여 모든 생명의 생존을 위협하고 있다. 그러면 옛날로 돌아가라는 것이냐, 더러 반문하는 사람도 있지만 돌아가고 싶어도 돌아갈 수 없는 것이 시간이다. 새로운 시간, 20세기의 잘못 진입한 궤도를 어떻게 수정하는가에 따라 지구의 명운은 결정될 것이다.

어릴 적에 일자무식인 내 어머니는 "그것도 생물인데 꽃 모 가지를 함부로 꺾는 것은 안 좋다" 그런 말을 하곤 했다. 물론 그 말은 어머니의 발상은 아니었을 것이다. 오랜 옛적부터 우리 민족 본래의 사상, 더 깊이 근원을 찾아가면 샤머니즘의 그 생명 공경의 사상에서 비롯된, 잠재적인 것이 아니었을까.

천 년, 오백 년을 살아온 거목에 대한 신앙은 말할 것도 없이 생명에 대한 경이로움이며 거목 앞에서 기도하는 것도 생명이 갖는 동질감, 그 존귀함을 믿으며 생명의 일체를 지녔다고 생각하는 영성과의 교신을 간절히 바랐기 때문일 것이다. 또 생명의 무한유전無限流轉을 믿음으로써 죽은 자들이 있을 다른 공간과의 교신을 열망했을 것이며 그것은 알지 못할 미래에 대한 물음, 생명의 슬픔이기도 했을 것이다. 대자대비大慈大悲, 큰 슬픔이 있기에 큰 자애가 필요하고 결핍이 없는 곳에 사랑이 있을 수 없다. 슬픔, 결핍 없는 것은 완성이며 정지된 것이며 그것은 또한 삶이 아니며 생명으로 인식할 수도 없다. 생명은 영원한 미완이요, 때문에 사랑의 대상이며 끝없는 연민을 자아내게 하는 것이기도 했다. 이 같은 우리 민족의 생명에 대한 공경은 그 자체가 세계주의다. 인류뿐만 아니라 모든 생명, 살아 있는 일체에 대한 평등, 그와 같은 사상은 우리 민족문화 전반에 걸쳐 그 흔적이 뚜렷하다. 그러고 보니 생각나는 일이 많다. 우리 도자기의 경우 꽃병 같은 것이 거의 없었다는 데 생각이 미친다. 옛날 우리 조상들의 거주 공간에서는, 사랑이며 대청, 안방, 신방 할 것 없이 생화를 꽂은 꽃병이 연상되지 않는다. 대신 생활용품, 모든 것의 장식에는 꽃을 소재로 한 것이 많다. 경대보, 밥상보, 수젓집, 베갯모, 화태보(벽면을 가리는 큰 보자기, 커튼 같은 것), 방석, 염낭, 아이들 신발에서 버선, 의복, 처네, 생각나는 대로 떠올려 보았는데 대개의 경우 현란한 꽃과 상서로운 동물이 수놓아져 있었다. 나도 젊었을 때 꽃을 수놓은 검정 누비처네를 두르고 아이를 업어 키웠다.

사찰의 불당을 장엄하게 했던 것은 종이꽃이었고 당집이나 상여를 꾸민 것도 종이꽃이었으며 와당이나 사찰의 문살에도 꽃이 새겨져 있다. 가구며 집기, 그것을 일일이 설명할 수 없지만 언젠가 TV에서 보고 감탄했는데 진주의 거멀장식 박물관에 소장된 것만으로도 꽃과 동물, 곤충을 소재로 한 장식의 다양하고 풍만함을 능히 짐작할 수 있을 것이다. 우리 도자기에 꽃병이 별로 없다는 것은 꽃을 가까이 두지 않으려는 것이 아니며 생명을 존중하며 연민을 느끼는 마음 탓으로 볼 수 있다. 대개 서민들의 집에도 장독가에는 분꽃, 접시꽃, 봉선화 등을 심었으며 그 꽃들은 우리하고 매우 친숙했다.

흐드러지게 생화를 장식하는 서양, 특히 일본 가옥에는 도코노마라는 것이 있어서 생화나, 축소하여 식물을 불구로 만든 분재 같은 것을 놓아두는 것이 생활 풍습인데 그렇기 때문에 꽃꽂이라든가 분재가 일본에서는 성행했다.

그러나 일제강점기만 하더라도 꽃꽂이는 조선인에겐 생소한 문화였고 분재에 대해서도 전혀 무관심했다. 이같이 사소한 일상에서도 뚜렷하게 문화의 성향이 다른 것을 알 수 있다. 문화는 언제나 심성의 반영으로 이루어진다. 그러나 문명은 기능에 속한다. 따라서 그것은 유물적인 것이다. 종내는 사람도 물량으로, 인력으로 간주하며 목적이나 수단이 되기도 한다. 일본의 과거 국군주의는 그와 같은 기능이 우선되는 것과 무관하지 않을 것이다. 물론 오늘날 그들의 번영도 기능에 편중한 결과로 볼 수 있으나 그것에는 반드시 한계가 있고 창조의 원천은 없는 것이다. 뿌리 없는 나무, 생화의 화려함, 황금의 빛은 자본주의의 한 전형이다.

서울을 지났다. 일산에 도착하여 아파트에 들어섰을 때, 아파트 특유의 냄새가 콧가에 스쳤다. 매우 기능적이며 도식화한 공간에 피곤한 몸을 내렸다. 한두 번도 아닌데 원주서 떠날 때는 왜 그렇게 마음이 설렜는지 나 자신도 이해할 수 없었다. 하긴 이곳은 서울이 아니다. 서울도 15년 전의 그 모습은 아니다. 용무 한두 가지를 끝내고 나면 아무 할 일이 없고 쓸모없는 짐짝같이 벽에 기대어 연이어진 아파트의 건물, 창문을 망연히 바라본다. 처음에는 머릿속이 뒤죽박죽, 정리 안된 창고 같았지만 차츰 하얗게 비어 식물인간 같은 느낌이 든다. 도대체 어디다 어떻게 연락을 해야 하며 친구, 그 어느 누구를 어떻게 찾아가야 할지, 아주 멀고 먼 일처럼 느껴진다.

결국 아무도 만나보지 못한 채 허둥지둥 떠나게 되는데 한강에 이르러 비로소 내가 나에게로 돌아온 것을 깨닫고 금년에는 철새가 얼마나 왔을까, 고개를 빼고 물 위에 떠 있는 철새를 바라보게 된다.

언젠가 한번 딸애하고 통일전망대를 갔는데 가는 도중 통일로 길섶의 풀밭에서 도시락을 펴놓고 휴일을 즐기는 시민들의 모습을 보았다. 쉴 새 없이 차량이 달리는 길섶, 왠지 가슴이 뭉클했다.

또 전에는 휴일이면 서울서 쏟아져 나오는 차량들을 보고 '먹고 살 만하니까'라고 다분히 비판적이던 나 자신이었는데 그것이 아니었다. 그것은 광적인 일종의 탈출 심리가 아니었을까. 서울에서 탈출하자! 생명은 생명을 그리워한다. 그러나 금싸라기 같은 땅, 한 자 한 치도 내놓을 수 없는, 건물이 밀집되어 숨 쉴 수 없는 곳임을 어쩌랴.

2. 모순의 수용

초나라 무기 상인이 "이 창은 어떠한 방패도 뚫을 수 있으며 이 방패는 어떠한 창도 막을 수 있다"고 했는데 그 말에서 연유한 것이 모순矛盾이다. 모순은 논리적으로 성립이 안 될 때 상대방을 공박하는 용어로서 매우 생광스럽게 쓰이지만 어쨌든 강한 부정적 의미를 지니고 있다. 그러나 논리의 한계에 대해서 간과하고 있는 것도 생각해 보아야 할 일이며, 따라서 모순의 양면성도 당연히 추구해 보아야 하지 않을까.

논리적이다 할 것 같으면 아시다시피 생각을 조리 있게 언어로써 표현하는 것을 이르는데, 기실 언어 그 자체에는 항상 미진하고 애매하다는 약점이 도사리고 있다. 미진하다는 것은 근원적으로 인간들은 자기 자신 속에 갇혀 있다 할 수도 있고 논리의 허약함을 드러낸 것이기도 하다. '버선목이라 뒤

생명의 아픔

집어 보이겠느냐' 하며 옛날 우리들 할머니, 어머니들이 갇힌 진실을 절묘하게 비유한 바 있었지만 결국 인간은, 또한 생명 일체는 공동체인 동시 영원한 개체로서 고독하며 모순에 가득 찬 존재인 것을 부인 못 한다. 미진하고 애매한 언어, 그것은 손에 잡히지 않는 진실과도 같은 것이며 언어와 진실의 관계는 동전의 앞뒷면과 같은 것이기도 하다. 논리의 표현이 언어에 의한 것이라면 논리의 바탕은 보편성과 개념이다. 그리고 논리로 반죽해 낸 것이 합리주의라 할 수 있겠고 우리는 오늘날 그것을 기반으로 하여 삶의 거반을 지탱하고 있으며 합리주의의 강점 또한 거기에 있는 것이다. 그러나 최대 다수의 행복을 지향하는 미덕을 인정하지만 전부는 아니다. 절대적인 것도 물론 아니다. 궁극적으로 시간은 끝이 없고 공간은 무한대이며 사물의 본질은 여전히 비밀스럽다.

생명의 내부, 자기 자신의 의식조차 그 흐름의 편린을 건져 내기가 어려운, 이것이 삶의 한가운데에 서 있는 우리들의 모습인 것이다. 시인詩人이 찾아 헤매는 언어는 다름 아닌 진실이며 그것과의 만남을 위해 몸부림치지만 막막한 피안, 삶 자체가 미완성인 것과 같이 시인의 노래도 그러하다. 해서 인간의 역사는 진행하는 것이며 진행이야말로 존재를 인식하는 것이기도 하다.

20세기가 지나가고 21세기에 들어서는 시점에서 합리주의를 전적으로 부정하는 사람은 별로 없을 성싶다. 시행착오로 나타난 폐단, 그러니까 핵을 수반한 전쟁에의 위협이라든지 퇴적되는 쓰레기며 땅이 죽어가고 수질 오염과 수원水源의 고갈 현상, 생태계의 파괴와 오존층의 손상, 이러한 지구의 어려움을 극복하는 것도 결자해지라, 합리주의에 의한 방안밖에는 달리 없기 때문이다. 그러나 그 같은 것은 일단 접어두고, 근본적인 문제는 논리 밖으로 나갈 수 없으며, 주체적인 것, 필연성에 합당한 범주에서 벗어날 수 없으며, 사사오입식의 생략으로 정리해야 하는 합리주의가 하나의 틀이라는 점이다.

그러나 눈이 부실 만큼 증가하고 복잡해지고 다양해진 오늘의 사정을 생각할 때 틀 속의 내용이 과연 온전하겠는가. 앞서 말한 지구가 당면한 어려움도 포함이 되겠지만 여하튼 틀 속의 내용물이 폭주하게 되면 혼란, 불균형, 폭발적인 것으로 변하게 마련인데 그렇게 되면 사물의 단순화가 필요해진다. 물기를 짜내어 중량을 줄이게 되고 두꺼운 것은 보다 얇게, 복잡한 것에는 생략으로 대응하고 인간이라고 예외는 아닐 것이다.

공간과 시간에 영향 받지 않는 사물이란 존재하지 않기 때문이다. 물기를 빼서 건조해진 사고思考, 부피가 얇아진 사고, 생략된 엉성한 사고, 여기서 연상되는 것이 비인간화, 인간기계화, 인간성의 압사壓死 혹은 박제품. 과장이라 할지 모르지만 그렇지 않다. 실제 우리는 지금 그것을 예감하며 황량한 기계문명 속에 머무르고 있는 것이다. 교육제도의 개혁이 촉

생명의 아픔

진되고 인성 교육을 부르짖고 있는 것도 그 위기감 때문일 것이다.

창조란 무엇일까. 말할 것도 없이 새로운 것을 태어나게 하는 일이며 그것은 풍요하게, 자유롭게 생각하는 생명만이 가질 수 있는 능력이다. 창조란 어디서 어떻게 이뤄지는 걸까. 암중모색에서, 보이지 않는 곳, 확실치 않은 것을 향한 추구와 탐험에서 새로움은 싹트는 것이며 이미 되어진 곳, 즉 틀 속에서는 복제품만이 가능해진다. 모르는 것, 보이지 않는 곳은 사사오입을 당해버린 부분이지만 측량할 수 없는, 그러나 실존하는 세계인데, 논리가 서지 않는다 하여 인정치 않으려는 이성이야말로 교만한 자가당착, 모순에 빠져 있다 할 것이다. 인위적 모순은 깨야 하고 미지로 향하는 것이 창조의 출발이다.

일상적인 비근한 것에서 떠난 뒤 모순을 생각해 보면 논리의 왜소함을 새삼 느끼게 된다. 우선 공간의 확대, 그러니까 틀이 없다는 것에서 우주적이라 할 수 있다. 그러나 어떠한 방패도 뚫을 수 있고 어떠한 창도 막을 수 있다는 모순은 막다른 곳인 동시에 규명할 수 없고 하나가 아님에도 선택할 수 없는 것이다. 탄생과 죽음이 그 좋은 예가 될 수 있는 모순이다. 규명할 수 없고 막다른 곳이며 선택할 수 없다. 막연하지만 그것은 엄연히 우리를 둘러싸고 보이지 않게 작용하며 지배하고 있는 것이다. 어떠한 것도 끌어들일 수 있고 어떠한 것도 끌어낼 수 있다는 구심력과 원심력 역시 모순인데, 그러나 지구는 그것으로 인하여 우주 공간에 떠 있을 수 있는 것이다. 생명 일체는 공동체인 동시에 개체라는 것도 그렇다. 그것은 생명의 갈등이며 역사의 갈등이다. 한몸 속에 다른 것과 합치려는 안타까움이 있고 다른 것에서 떨어져 나오려는 몸부림이 있다. 다시 말해서 소속감은 사랑일 수도 권력 지향일 수도 있지만 외로움에서 탈출하려는 소망으로서 의무와 자기희생을 치러야만 한다. 반대로 자유에 대한 갈망은 해방에 대한 욕구다. 그러나 외톨이의 고통을 감수해야 한다. 한데 왜 그것은 갈등일까. 생명 자체가 모순이기 때문이며 그어느 것도 완전치 못하고 규명이 안 되기 때문일 것이다. 자유에는 방종이 따르고 통제에는 억압이 따르고, 이 두 가지 원형질이 서로 교체되며 물결같이 곡선의 연속을 이루는 것이 역사 아니겠는가.

모순은 균형이며 긴장이다. 그것도 하나가 아닌 데서 가능했으며 존재의 조건인 동시에 연속성과 삶에 대한 인식이기도 하다. 만일 모순이 없어진다면 논리는 완성될 것이며 언어도 피안에 도달하겠고 절대적인 것이 그 모습을 드러낼지 모르지만 완성은 끝이며 정지이며 소멸인 것이다.

우리 인간은 오늘까지 인간의 질서를 위해 광분해 왔다. 논리도 그것을 위해 봉사해 왔으며, 인간이 만든 연장과도 같은 것으로 우리에게 주어진 가장 소중한 능력이다. 그러나 연장이 삶을 위한 도구일 수 있지만 파괴하고 죽음에 이르게 하는 것일 수 있고, 쾌적한 삶의 지속을 위하여 논리가 만든 틀이 반대로 인간성 말살의 폐단으로도 나타날 수 있다. 어떠한 사물에도 양면이 있고 부정적인 것과 긍정적인 것이 공존하기 때문이다. 그러나 어느 하나를 절대시하고 선택의 자유를 말하기도 하지만 어느 하나를 선택하는 것은 벌써 강요의 조짐으로 볼 수 있다. 왜냐하면 총체적으로 생각할 때 우리는 두 가지 중 하나를 택해야 하기 때문이다. 선택의 자유는 서양의 자유 개념으로 적극적이고 전투적이며 모순을 용납하지 않는 선명함인데, 그것은 문명의 승리였으나 문화의 패배이기도 했다. 물론 지금은 동과 서의 구별 없이 이미 보편화한 것이지만 본래 동양에서는 하나라는 확실한 것, 절대적인 것, 선택의 자유라는 인식이 매우 희박하지 않았나 하는 생각이다.

그것을 여러 가지 면에서 느낄 수 있지만 우리나라의 경우 의상에서 잠시 살펴볼 것 같으면 흰색의 숭상을 들 수 있다. 흰색은 투명한 상태에 가장 가깝게 접근한 색이며 투명을 보다 뚜렷이 지향해 가는 것에는 갓이 있다. 투명하다는 것이 가벼움을 말할 수 있고 가벼움은 비상을 연상시키며 그 경계선이 희미하다. 넓은 치마, 옷고름, 갓끈, 그런 것들도 날리는 특성이 있고 날린다는 것은 역시 가벼움과 투명으로 이어지는 것이다. 그것은 또한 비어 있는 것으로도 볼 수 있으며 비어 있는 것에는 채울 수 있고, 채우고 채우며 들락거리는 융통을 뜻하고 그것은 전혀 틀을 형성하지 않는 우주 지향이라 해석할 수는 없을까.

　우리들 의상에 나타나는 곡선의 선호도 그렇다. 직선의 단절감을 피하고 곡선으로 포용하려는 기미를 느낄 수 있다. 그림의 여백에는 뭔가 있기도 하고 없기도 하며 종소리의 긴 여음 뒤에 오는 정적은 소리의 이어짐을 느끼게 하고, 있는 듯 없는 듯 모두가 희미한 상태, 경계가 없는 상태, 이승과 저승 사이에서도 그것은 희미하다. 죽었다, 없어졌다가 아닌 돌아갔다, 떠나갔다. 그것은 단절이 아니며 이어짐이다. 모순을 수용하는 것이다. 잘라내지 않고 토막 내지 않는 데서 오는 우주적 일체감, 그것은 무한한 흐름이다.

　인류에게는 일찍이 신神이 있었다. 그것은 인간이 창출한 관념에 지나지 않는 것이지만 그럼에도 불구하고 믿는 것은 신이 그 모순 자체이기 때문이 아닐까. 사실 논리로 신을 죽이든 살리든 전혀 상관없는 일이며 무의미한 짓이다. 그러나 나는 신을 만들고 부수는 만행을 기억한다. 그것은 엄청난 생명을 작살낸 만행이기도 했다. 신국神國이다, 현인신이다, 확고부동한 절대자 하며 터무니없는 것을 만들어놓고 일본은 얼마나 많은 생명들을 학살했는가. 20세기를 질러온 나는 신병神兵이라는 이름을 걸고 성전聖戰이라는 기치 아래 그칠 줄 모르는 탐욕의 배를 채우던 것을 똑똑히 기억한다.

　해방 후에도 절대라는 명제하에, 이념이 그 얼마나 무시무시한 쌍방 간의 대립, 살육의 도구가 되었던가를 기억한다.

일본의 경우는 모순이든 논리적이든, 그 어느 것이든 간에 실리를 위한 방편이었겠으나 우리의 경우는 일종의 환상이었다. 불멸의 이론도 없거니와 현인신도 있을 수 없다. 그 없는 것을 위해 있었던 것은 오직 수난뿐이었다. 세계 도처에서 아직도 그 같은 허상을 위한 수난은 계속되고 있다.

끝으로 서구 이론을 도입하여 그 틀 속에 갇혀 있는 우리 문학계의 근심스러운 현황에 대하여 지면이 모자라지만 간단히 스치고 가겠다. 사실 서양 이론으로 무장한 것도 그렇지만 틀 속에서의 운동마저 정지되어 있는 것을 느끼는데, 타성과 고착, 이런 상태는 정말 비관적이다. 일구월심 서양 이론에 매달린 일부 이론가와 그것을 답습하는 후학들이 다음과 같은 포크너의 말을 어떻게 받아들일지 궁금하다. 포크너도 그쪽의 사람이기는 하지만.

헤밍웨이를 어떻게 생각하느냐는 독자의 질문에 포크너는 이렇게 대답했다.

"그는 성공한 작가이며 자신의 한계를 알고 있었다. 그러나 사전에 없는 말을 쓸 용기가 없는 사람이다. 나와 토머스 울프는 성공할지도 모르겠고 성공 안 할지도, 그것은 모르겠다."

3. 멋에 대하여

얼마 전 서울에서 이 일 저 일이 겹쳐 북새통을 겪느라 기진맥진해 있을 때 마치 길목을 지키고나 있었던 것처럼 김형국 교수에게 덜미를 잡혀(?) 쟁쟁하고 고명한 학자들 모임인 미래학회에 초청되어 나간 일이 있었다. 두서없는 내 말버릇 때문에 되도록이면 그런 모임에서 얘기하는 것을 피해온 터에, 김 교수에게는 여러 가지 빚이 많았고, 우물쭈물하다가 나가게 되었는데 뜻밖에도 멋에 대한 것이 그날의 주제였다. 먼저 김태길 교수께서 멋에 대하여 중요한 부분을 소상히 짚어나가시는 동안 준비 없이, 영문도 모르고 나온 처지여서 더 이상 무슨 말을 해야 할지 당황할밖에 없었다. 얼떨결에 『삼국유사』의 정신을 들어 얘기를 하기는 했으나 즉흥적이며 피상적이라는 자책감을 면하기 어려웠다.

흔히 쓰는 우리 민족 고유의 언어 중에는 흔하게 쓰이는데도 그 개념을 파악하기가 쉽지 않은 경우가 더러 있다. 달무리가 진 듯 희미하여 어디서부터 뜻으로 진입해야 할지, 언어가 지닌 본래의 불확실성이 보다 심화하고 확대되기라도 한 듯, 아니 그보다 그런 언어는 복합적 내용을 껴안고 있기 때문인지도 모른다.

　멋이라는 말이 바로 그러한데, 요즘 그 같은 유의 말들이 내용 면에서 퇴화하고 단순해졌다고나 할까. 부분만 따서 의미를 부여하기도 하고 숫제 본뜻과는 거리가 먼 것으로 통용되기도 한다. 하찮은 일로 생각할지 모르지만 사상의 빈곤을 초래한 그간의 사정을 엿볼 수 있는 일이다.

　언어란 본시부터 있었던 것이 아니며 시간에 의해 만들어진 것인 만큼 변천 따라 어의語義가 변할 수도 있는 일, 지나치게 집착하는 것도 그렇고 진지함을 모멸하는 오늘과 같은 세태에서는 무관심이 상수라. 그러나 여전히 조바심은 남는다. 무슨 까닭일까. 아마도 그것은 그러한 언어 속에 치열한 소망과 절도 있게 다스려나가는 우리들 삶의 모습이 새겨져 있기 때문이 아닐까.

　진지함을 비웃는 사람에게는 우리가 이 세상에 소풍 나온 것쯤으로 생각될지 모르지만, 분명 사람들, 모든 생명은 이 세상에 소풍 나온 것도 놀러 나온 것도 아니며 오락으로 시간을 잡아먹으라고 내보내진 존재도 아니다. 새들은 노래하고 나비는 춤을 춘다고들 하지만 소위 진지할 필요가 없는 다른 생명에 대한 조작의 시각이다. 기실 새들은 노래도 하겠지만 슬피 울기도 하고 고통에 비명을 지르기도 할 것이다. 나비 역시 마냥 춤을 추는 것은 아니다. 살기 위하여 꿀을 찾아 이 꽃 저 꽃을 헤매는 삶의 행위 그 자체인 것이다. 말 하나 가지고 거창하게 나온다 할지 모르지만 그 속에 삶의 당위성, 생각의 파편들, 그것들의 통합을 함축하고 있다면 마땅히 거창할 수도 있다. 해서 그런 씨알들이 변질되었거나 아주 사라져버린 데 대하여, 또 부활이 절실하다면, 우리는 그간의 경로를 더듬어보는 것도 무의미한 일은 아닐 것 같다.

일제강점기를 거쳐서 해방 후 오늘에 이르기까지 서구의 사상을 본(本)으로 하고 그 체계를 중심으로 위성같이 맴돌아야 했던 상황에서 우리 것을 부정하고 폐기하고 혹은 말살하는 일부터 착수했던 소위 계몽파를 필두로 이 땅의 대부분 지식인들이 서구의 이론이나 사상을 금과옥조로 삼아 복창해 온 것은 엄연한 사실이다. 새삼스러운 일도 아니지만 이따금 학생들을 대하고 있으면 서구 지향의 지식인들 복사판을 보는 듯 놀라는 일이 있다.

지식이란 본래 암송의 속성을 지니고 있지만 새로운 것을 위한 토대, 창조의 밑거름이 되지 못한다면 무용지물이다. 복창이나 복사판으로 이루어놓은 것이 도시 무엇일까. 황량하기만 하다. 물론 복제품이 홍수같이 쏟아져 그런 면에서 풍요

해진 것은 확실하다. 그러나 그것으로 인한 문제는 위험하고
도 심각하다. 그렇기 때문에 부랴부랴 창조력을 운운하게 되
었으며 교육제도가 급선회하는 조짐이 보이는 것은 그나마
다행이라 할 수 있겠다.

서구의 거대한 체계가 흔들리고 있는 것을 느낀 외국의 석
학들 중에도 우리에게 고마운 충고를 하는 사람이 있다. 서구
와 일본을 본보지 말라. 한국은 독자적인 길을 찾아야 한다
고. 그럼에도 잠에 취하여 눈이 떨어지지 않거나 기득권에 대
한 집착에서 벗어나지 못하고, 금광이라도 찾듯 그쪽의 색다
른 이론을 입수하여 득의에 차서 웃음 흘리는 일부 지식인들
모습은 여전한 듯하다.

그야 얻은 것은 적지 않았고 다리를 놓아준 지식인들의 공
도 부정 못 한다. 그러나 영구불변의 방식이란 없는 것이다.
서구 문명의 체제에 한계가 온 것은 분명하고 물질 역시 유한
한 것이다. 먹고 입고 꾸미고 즐기는 풍요, 노인들은 좋은 세
상이라고들 한다. 하지만 젊은이들은 좋은 세상이라 하지 않
는다. 욕망이란 상대적인 것이며 풍요하다는 것은 욕망의 증
폭을 동반하게 돼 있다. 욕망이 세계에 충만하다는 것은 또한
멸망을 부르는 것이기도 하다. 욕망이 들끓는 만큼 지구는,
자연은 쇠잔해질밖에 없다. 결국 모든 것을 잃게 될 것이다.
불교의 천지개벽 사상에서는 불로써 생물을 멸망케 하는 것
이 네 차례, 다음 다섯 번째는 물로써 세상을 멸망하게 한다

는 주기를 말하고 있다.

반드시 그것을 믿는 것은 아니지만 불 얘기는 어쩔 수 없이 핵무기를 연상하게 하고 물은 남극, 북극의 빙산들이 녹아 내려 지구를 덮어버리는 노아의 홍수를 생각하게 한다. 오늘 우리 인류는 언제 녹아버릴지 혹은 부딪혀서 깨어질지 모르는 빙산을 타고 떠내려가면서 먹고 마시고 즐기며 쓰잘 데 없는 담론으로 삶의 표피만 어루만지고 있는지 모른다. 내일 지구가 끝나는 한이 있어도 오늘 사과나무를 심겠다는 소위 그 엄숙주의가 역겨울지 모르지만 내일 지구가 깨어져도 오늘은 먹고 마시고 즐기겠다는 것은 체념인지 비장미인지 죽음을 초월한 것인지 아니면 장난인지.

우리 민족에게 멋은 창조의 원형이라 할 수 있을 것이다. 때문에 멋은 문명이 자아낸 것이 아니며 문화의 소산이다. 자연과 자유가 함께 노니는 무한 공간에서 불확실한 과거·현재·미래라는 한 줄기, 무심하고도 잔혹한 시간의 선상에서 인간이 사유하고 추구하는, 불교의 표현을 빌리자면 정토淨土의 장엄莊嚴을 관찰하는 데서 생겨나는 균형이라 할 수 있을 것이다. 옷 잘 입는 사람, 세련돼 보이는 사람, 행동거지, 몸매가 유연해 보이고, 잘 꾸며진, 그러니까 인공적 공간의 구조물, 예를 들자면 많겠으나, 물론 그런 것도 멋이라 표현할 수는 있다.

그러나 시각적인 데 편중된 유물적 관점에다 멋의 개념을 두는 것이 오늘의 경향인데 어떤 뜻으로든 그것을 축소 현상이며 합리주의 혹은 자본주의가 설정한 틀에 가두어진 상태

생명의 아픔

라 할 수 있을 것 같다. 축소 지향, 가두어진 상태, 반대로 확대와 개방을 한번 생각해 보는 것은 어떨까.

우리가 느끼고 있는 그 시작의 구름바다, 안개를 헤치고, 자연은 젊었고 상처받지 않았으며 생명들은 윤기가 흐르고 싱그럽던 그곳 그 시간 속으로 들어가서, 지금은 초라하게 축소된 무속巫俗만으로 그 흔적을 남기고 있으며, 우리 민족의 주권이 상실되었을 때 일본과 계몽파와 기독교 문화 삼박자가 잘 맞아서 미신으로 단죄되었던 샤머니즘— 유일신, 카리스마적 존재도 없었고 모든 생명의 영성을 믿었으며 교신交信을 소망하고 추구하여 생명의 평등 공경을 실천했던 샤머니즘. 죽은 자와 이승에 남은 자 사이의 교신을 열렬히 희구했던 것은 무한 공간의 확대를 의미하고 무한대의 시간에 대한 인식이 아니었던가.

다음, 불교가 시대를 열면서 체계화해 가는데 여기서 공간의 축소를 희미하게나마 감지하게 된다. 그리고 고도의 정신세계, 멋으로 집약되는『삼국유사』는 샤머니즘의 꼬리를 물고 불교적 체계 속에서 나타난 것이다. 다음은 인간의 도리, 인간의 규범인 유교 시대로 들어오는데 공간은 한층 더 축소되었고, 사회주의·자본주의 통틀어 유물이라는 체계가 지배하는 현재는 숨통이 막히게 공간은 축소되고 말았다. 더 이상 줄일 수 없을 만큼. 자유와 풍요를 향유하고 있다지만 현대인은 모두 정체 모를 억압에 시달리며 내부에서 외부에서 구속하고 구속감을 느낀다.

자연도 병들었지만 생명들은 무진장 학살당하며 사람들도 병들어 가고 있는 것이다. 사회가 살벌하고 문화는 부재, 퇴폐풍의 만연, 이런 속에서 멋이 변질되는 것은 당연하고 창조적 능력이 고갈되는 것 또한 당연하다. 공간의 확대 속에 창조의 원동력이 있기 때문이다. 그곳에는 자유와 자연이 자연스럽고 건강하게 존재한다. 매번 하는 얘기지만 우리는 지나간 시간으로 돌아갈 수 없다. 그러나 이제 한계에 달했으면 축소된 공간을 넓혀나가야, 새로운 방향으로 넓혀나가야 하는 게 아닐까.

끝으로 또 일본 얘기를 하고 넘어가야겠는데, 미래학회에서 멋에 대비하여 '이키[意氣]'라는 말이 나왔기 때문이다. 이키에는 에로티시즘과 그로테스크가 포함되어 있다. 그런 것에서 나타나는 미감을 말한다. 그래서 대개는 유곽 여인들의 농염한 모습, 행동거지 또는 그것에 준한 남성을 두고 표현한 말이다. 달리 일본에는 멋에 해당하는 것이 없다. 일본의 특색이 축소 지향이라는 것은 다 아는 일이거니와 앞서도 말한 바와 같이 축소되는 공간은 사람을 병적으로 만든다. 자유와 자연스러움이 없기 때문이다.

그로테스크와 에로티시즘에 흐르는 것은 하나의 정석으로 보아야 할 것이다. 김영주가 쓴 「고려 불화」의 글 속에 "도철에 나타나는 징그럽고 사나운, 꺼림칙한 다이너미즘을 지닌 아름다움은 지배자가 그것을 원하기 이전에 당시 끔찍한 지옥 같은 공방工房의 반인간적인 작업에 몰아넣어졌던 노예 장인들의 저주와 원한이 서린, 이 같은 정신이 은대 청동기에 투사되어 나왔던 것이다"라는 말이 나오는데 그것이 비록 어떤 유의 아름다움일지라도 멋하고는 거리가 멀다. 그것은 부정적인 것을 노출한 것이며 보편적인 것일 수는 없다.

오늘 우리나라에서 판치고 있는 소위 일본 문화는, 문화라는 말에는 상당히 어폐가 있지만, 아무튼 폭력과 섹스와 잔혹, 괴기함, 비정상이 기조를 이루고 있는 것 같다. 그것을 선호하는 이유는 사회적 병리 현상에 있다고 보아야 할 것이다.

축소되는 공간, 자정할 능력을 잃어버린 자연, 물은 썩고 땅은 죽어가고 자연의 일부인 사람도 다른 생명들도 멸종되고 병드는 것은 정한 이치다.

그러나 우리 민족의 공간에 대한 의식을 나는 믿고 싶다. 아직 우리 혈맥 속에는 창조에의 정열이 맥박 치고 있다는 것을. 분명 국민소득 1만 달러를 넘어서게 된 데에는 수천 년을 흘러온 창조적 능력이 반부담은 했을 것이기 때문이다. 그리고 멋이 부활할 것도 믿고 싶다.

믿음의 근거로 예를 하나 들자면, 일본에서는 말 잘하는 것을 '다치세키 니 스이자이 류노고토쿠[立析に 水在 流如く]'라 한다. 세워놓은 판자에 물이 흐르듯 거침이 없다는 뜻인데 우리는 그것을 청산유수靑山流水라 한다. 우리 민족의 멋이 나타난 비유다.

4. 천지에 충만한 생명의 소리

　서울에서 원주로 내려오려 했을 때 내 주변 사람들은 대부분이 반대했고 이삿짐을 실었을 때 친구들은 1년을 배기나 보자고들 했다. 그러나 어느덧 원주에서 15년 가까운 세월을 보내고 말았다. 원주라기보다는 어느 도시의 변두리, 개나리 울타리에 둘러싸인 어느 공간이라 해야 할 것 같다. 거의 외부와의 소통이 없는 생활이고 보면 내 거처 밖은 그냥 세상일 뿐 서울, 원주 하며 지역을 말하는 것도 무의미하다. 그러나 『토지』가 끝나면서부터 조금씩 세상을 내다보기도 하고 더러 나다니기도 했는데 기대했던 것은 아니었지만 해방감 같은 것은 손톱만큼도 느껴보지 못했다. 화려하고 편리해진 세상, 문명의 혜택으로 모두들 세련되고 풍요해 보이고. 그러나 무슨 까닭인지 사람들은 숨이 차게 바쁘고 시간에 얽매인 노예처럼, 이율배반이다. 이율배반은 또 있다. 붕괴를 촉발할 것만 같은 위험이 도처에 깔려 있는 사회구조는 복잡하고도 혼란스러운데 사람들은 규격품같이 단순하게 사고한다는 점이다. 그러한 단순성에도 불구하고, 이것은 어느 학생이 한 말이지만 지뢰밭 같은 대인관계는 긴장과 피곤, 심한 갈증에 시달리게 한다. 편리하고 풍요로운 세상인데 어째서 이다지도 각박해졌을까. 모순이란 항상 있어왔고 역사의 고비마다 그런 현상은 다소간 있게 마련이지만 총체적으로 극대화되어 지구는 병들어 휘청거리며 문명을 기본으로 한 물질주의는 한없이 생명들을 압박하고 초라하게 하며 사멸을 재촉하고 있다. 밤낮없이 대권大權 노래만 부르고 있는 사람들에게는 쇠귀에 경 읽기 같은 얘기지만 하여간 각설하고, 손톱만큼의 해방감도 느껴보지 못했다고 했는데 요즘도 만나는 사람 중에는 가끔, 긴 집필을 끝내어 얼마나 홀가분한가, 이제는 좀 편안하게 살아라, 그런 말을 하곤 한다. 그러나 그 따뜻한 말에 대하여 내 처지가 전혀 그럴 수 없다는 것을 막연하게, 멍청하게 생각해 보기도 한다. 그리고 도대체 나는 어느 지점으로 회귀하였는가 물어보기도 한다.

편안한 노년이라는 말에는 나도 무관심할 수는 없다. 나 자신이 노년이기 때문이다. 편안한 노년, 그것도 일부 소수만이 누리는 것이지만, 적당히 운동하고 뭔가 한 가지쯤 취미를 가지며 가끔은 가까운 사람들끼리 외식을 하고 차림새에도 신경을 쓰며 국내 혹은 해외여행도 해보고, 대강 이 정도가 편안한 노년의 모델이 아닌가 싶다. 그러나 그것이 진정한 삶일까. 그럴 수밖에 없는 노약자의 피동적 처지라는 것은 물론안다. 잉여 시간에서 오는 멀미 같은 것, 중심에서 벗어난 객관적 인생, 시각적인 것만 남겨져 있는 듯. 어쩔 수 없는 비애다. 그러나 한 개인의 삶에는 모델이 없다. 불행이든 행복이든 자기 존재에 대한 깊은 인식이야말로 진정한 삶이 아닐까. 외로움에서 벗어나기 위해 밖으로, 밖으로 나가는 사람도 있겠고 내 경우는 집 안보다 집 밖이 외로웠다. 황량함도 집 밖에 있었다. 안과 밖이라는 개념도 실은 명료한 것이 못 되며 편의상의 안팎을 넘어서 각기 자신들의 공간이라 하는 편이 합당할 것 같다. 자기 세계라 해도 무방하고 추상적 공간일수도 있다. 여기서 우리는 개체의 냉혹함과 치열함을 본다. 타자와의 관계는 그야말로 관계일 뿐 일체가 될 수 없다. 다만 일체라는 것을 관념적으로 시인하지만 그것은 진실이 아니다.

그러나 문학은 일체가 될 수도 있고 그림자가 될 수도 있다. 삶이 구체적인 현실이요, 문학은 추상적 상상일지라도. 언제였던지 영화에서 보았는데 흰빛의 짧은 내리닫이를 입은 화가 고흐가 창밖에서 조롱하는 아이들을 향해 팔짝팔짝 뛰던 장면은 지금도 좀처럼 잊혀지지 않는다. 그는 명예를 갈망했을까? 돈을 갈망했을까? 생존(자유)을 위해 얼마쯤은 필요했을 것이다. 묘하지만 그런 생각을 해본 적이 있다. 왜 그랬는지 알 수 없지만. 지금 다시 떠오르는 것은 그림은 그에

생명의 아픔

게 무엇이었을까 하는 물음이다. 해방과 자유와 생존. 새를 볼 때 특히 그 세 가지 말이 하나로 통합되는 것을 느낀다. 새뿐만 아니라 모든 생명에게 다 해당이 되는 것으로 생각하며 모든 생명들의 원형질로서 예술가는 그것에 대한 그리움을 전제로 하며 본질을 탐구하고 표현하는 사람, 하여 자유에의 갈망은 그리고 싶은 갈망과 같고 존재의 본질에 대한 갈망과도 같은 것이다. 내리닫이의 그 우스꽝스러운 모습은 무구한 자의 슬픔이었고 남의 귀를 자를 수 없어 내 귀를 잘라버린 순전한 그를 사람들은 광인이라 했다. 자살하기 전까지 그림을 그렸던 그는 정말 광인이었을까?

『토지』가 끝났을 때 나는 성취감 같은 것을 느끼지 못했다. 지친 때문이라 생각했으나 그게 아니었다. 이제 토지는 영영 떠나버렸구나, 일종의 상실감이었다. 그런데 그것으로 그치지 않았다. 개나리 울타리에 둘러싸인 곳, 생명의 소리들이 충만해 있고 흙도 숨을 쉬며 억조창생, 생명들이 술렁이던 터전, 농약 없이 가꾼 뜰이며 밭이며, 또 그것들은 나를 먹여 살렸고 서로 참 자알 살았는데 개발 때문에 터전을 잃게 된 것이다. 동시에 나와 일체였던 두 개를 잃고 보니 나 자신 공중 분해된 것 같은 느낌이었다. 이곳은 15년간 자유를 얻기 위한, 내 심정으로는 격전장이라 할 수 있을 것이다. 가장 불리한 처지에서, 자유는 항상 불리한 처지에 있는 것이지만, 혼자 있는 여자, 그것도 사양길에 들어선 여자, 그것부터가 초라하고 무력한 풍경이다. 특히 이 나라 풍토에서는 그 편견의 골이 너무나 깊어서 간 데 없는 죄인이다. 감시를 당해야 하는 죄인. 사람들은 새로운 도약을 꿈꾸면서도 상식에서 벗어나는 것을 두려워하며 상식에서 벗어난 것에 대해서는 증오심을 갖는 속성을 지니고 있다. 특히 대상이 여자일 때는. "여자가 글은 써서 뭘 해." 사회적 인식이 그러했던 시기에 출발했기 때문에 내가 과민했는지. 여하튼 여자가 혼자 산다는 것은 무방비의 성곽이요 심하게는 저주다.

일상의 불이익이나 상처받는 일을 거론하자면 끝이 없고 늘어놓는다면 천박한 신세타령이 될 것인즉 긴말은 않겠으나, 예를 들어서 일꾼에게 일을 시키면 농땡이를 부리고 시설물을 설치할 때, 집수리할 때는 바가지 씌우기 일쑤다. 한번은 장마에 연탄이 무너져서 이백여 장이나 깨졌는데 연탄가게 종업원 왈 "어디다 버릴까요." 거저 가져가려고 능청을 부린 것이다. "당신 어느 나라 사람이오. 버리라고 광부들이 연탄 캐내는 거요?" 하고 응수했지만 인간적인 접근보다 세勢로써 좌우되는 현실은 정말 나를 눈물 나게 했다. "자식은 없어요? 왜 혼자 사는 거요." "참 안됐소. 근력은 좋으시우." 야박한 입들은 동정과 우월감과 얕잡아 보는 기색을 별로 감추지도 않았다. 언젠가는 양계장에서 계분을 구입한 적이 있었다. 손가락 몇 개가 잘려나간 음성 환자인 중늙은이 남자가 트럭에 계분을 싣고 왔는데 이 많은 계분 어디다 쓰느냐, 과수원 하느냐고 물었다. 나무랑 밭에 주려구요, 땅이 죽어가는데 유기농업을 해야지요, 하고 말했더니 시골 노친네가 제법 유식하다며 담배를 꼬나무는 것이었다. "예, 풍월은 좀 알지요." 생광스러운 남자들, 사위도 있고 손자들도 있고(그들이야 불러 대는 것은 거의 불가능했지만) 주변에 아는 사람들이 없지도 않아 동원하려면 못 할 것도 없었다. 주변에 아는 사람들이 없지도 않아 동원하려면 못 할 것도 없었다. 그리고 설사 안다 하더라도 별 볼 일이 없겠으나 내가 누구인가를 과시할 수도 있었을 것이다. 그러나 겸손하기 위하여, 수양을 쌓기 위하여 국으로 있었던 것은 아니었다. 누구노라 하기에는 쑥스럽고 치욕스러워 못 했지만 물론 생광스러운 남성들을 동원하지도 않았다. 세상에 대가 없는 것은 없다. 불이익이나 자존심 상하는 것쯤, 자유를 위해 지불하는 데 값비싼 것은 아니었다. 그러나 시설물이 고장 나면 가슴이 두근두근 뛰었고 힘에 겨운 일도 나 자신이 감당하게 되어 농사, 노동에도 이골이 났으며 어김없이 그것에서도 나에게 대가가 돌아왔다. 달마대사 같은 성인은 소림사에서 9년 면벽하여 깨달음을 얻었다지만 범인은 가만히 있으면 생각이 정지된다. 노동은 심신을 상쾌하게 해줄 뿐만 아니라 끝없는 생각 속으로 나를 끌어들인다. '노동'과 '글쓰기'와 '나'는 삼발이 같은 것이었다. 글을 쓰다 막히면 밖에 나가 풀을 뽑고 그러다 보면 생각이 떠오르고 막혔던 것이 뚫리는 것이었다. 그리고 자연의 이치, 사람 살아가는 이치를 조금씩 깨닫게 되었으며 불평등은 인간의 소위所爲로서 자연에 의한 것이 아니라는 생각, 대붕(상상의 새)은

쥐벼룩이 너무 작아서 볼 수 없고 쥐벼룩은 대붕이 너무 커서 볼 수 없지만 삶의 궤적은 한 치 오차 없이 동등하다는 것, 자연의 공평함과 오묘함, 실로 돈으로는 환산될 수 없는 내 세계, 나와 더부 살았던 많은 생명들의 세계, 이미 그것은 내 소유에서 떠나버렸다.

그러나 다행하게 토지공사에서 집을 보존한다 하니 고맙고 또한 내가 지급받은 보상금을 합하여 풍광이 좋은 산속에다 토지공사에서 문화관을 짓게 되었으니 기업의 새로운 인식, 문화에 대한 인식이 고맙다. 실은 기념관이다, 문화관이다 하는 것이 직접으로는 나와 관계가 없고 후일을 위한 것인 만큼 내가 그 일에서 마음이 떠나 있어도 무방한 일이지만, 솔직히 말하여 토지공사에서 거금을 내놓았다는 것, 그간의 사정을 세세히 설명할 수는 없지만 일이 절로, 그것도 아주 빠르게 굴러왔기에 정신을 차릴 수 없고 내가 얽매이는 것이나 아닐까 더럭 겁이 나고 불안하여 어딘지 모를 곳을 헤매는 기분이다. 하루빨리 내 자리를 찾아 돌아가야지, 호미 한 자루 들고 밭고랑을 매더라도 나는 자유로워야 한다, 되뇌며 몹시 초조해진다.

요즘은 머지않아 떠나야 할 이곳에 이상하게도 소리의 향연이 벌어졌다고 표현해야 할지 아무튼 전에 없이 갖가지 새들이 모여든다. 자두나무가 없어지면서 모습을 감추었던 꾀꼬리를 비롯하여, 뻐꾸기도 뜰 안 나무 꼭대기에 와서 그 모습을 드러내어 처음으로 볼 수 있었는데 웬 새들이 이렇게 많이들 찾아오는 걸까. 알고 보니 개발로 숲이 없어지게 되니 그런 모양이다.

그러나 사방에 충만한 생명의 소리를 듣는 것이 반갑지 않고 몹시 괴롭다. 10여 년 전, 기르던 꿩들이 도망하여 울타리 밖 숲에서 살았는데 꿩이 우는 소리를 들으며 아직 살아 있었구나 싶어 반갑게 안도의 숨을 내쉬었다. 이제는 꿩 우는 소리에 가슴이 아프다. 어디 가서 저 새들은 새로운 보금자리를 만들 것인가 싶어서. 해방도 자유도 생존도 어렵게 된 새들, 생명이 누추하고 초라하며 갈 곳이 없고 먹을 것이 없어, 뻐꾸기까지 인가를 찾는 모험을 아니 할 수 없는 현실, 까치는 고양이 밥을 훔쳐 먹고, 신새벽에 나타나 베어다 땅에 방치해 둔 콩을 훔쳐 먹다가는 사람 소리에 꽁지가 빠지게 달아나는 꿩의 모습. 먹이를 구하기가 어렵게 된 꿩이 그나마 그 콩 때문에 겨울을 났나 싶어 나도 모르게 한숨을 쉬었다. 어찌 될지 모르지만 하여간 노는 땅에 금년에도 콩을 심기는 심었다.

5. 냉소와 장식

"내가 원해서 세상에 태어난 것은 아니다." 어떤 문학소녀가 한 말인데 너무나 당연하고도 당연한 말이다. 이 세상에 원해서 태어난 사람은 없다. 사람뿐이랴. 존재하는 생물, 그 일체는 결코 원해서 태어난 것은 아니다. 신물 나게 되풀이되어 온 질문이지만 그러면 그것은 누구의 의지에 의한 것인가. 아니, 그것을 따지기 전에 생명의 본질을 알지 못한다면 누구의 의지인가. 그 해법은 없다. 과학을 바탕으로 하건 혹은 상상에 의거하건 간에, 생명의 근원에 대한 설은 구구하게 있어 왔다.

그러나 어떠한 경우에도 우리는 그 비밀의 문턱에서 주저앉고 말았으며 오묘한 그곳을 엿볼 수는 없었다. 우리는 신, 혹은 창조주를 본 일이 없고 만났다는 것을 증명하지도 못했

생명의 아픔

다. 천당이나 지옥이 있는지 없는지 모르며 어디서 생명이 왔고 가는 곳이 어디인지를 알지 못하며 자신의 운명도 알지 못한다. 영국의 소설가 제임스 조이스가 마지막, 세상을 떠나려는 어머니의 축복을 거절한 것을 그의 사촌이 힐난했을 때, 신이 있다는 것을 믿을 수 없어 그랬노라, 사촌은 다시 힐난하기를 신이 없다고 생각했다면 거짓으로라도 어머니의 소원을 들어줄 수 있는 일 아닌가. 그러나 조이스는 신이 없다는 것도 확인할 수 없었다는 말을 했다. 이 에피소드에서 우리는 인생을 정면으로 돌파하려는 그의 치열한 작가정신을 읽을 수 있었다.

시작의 길은 끝이 없고 이정표 없는 길을 헤맨다는 것은 비극이다. 그러나 한편으로는 축복일 수도 있고 생명이 존재하는 이유일지도 모른다. 완성은, 혹은 도달은 정지이기 때문이다. 영원한 미완, 기약 없는 것에 대한 탐구, 다만 우리에게 확실한 것이 하나 있다면 자기 사명에 대한 자결권이다. 동물의 경우에도 예를 들자면 짝을 잃은 거위가 거식拒食으로 죽었다든지 섬에 데려다 놓은 꿩이 홀로 그 외로움에 못 견디었는지 스스로 바위에 머리를 부딪쳐 죽었다든지, 그런 얘기를 들은 기억이 있다. 모든 생명은 능동적으로 자신의 삶을 영위하는 만큼 스스로 자신의 삶을 포기하는 가능성이 동물이라고 전혀 없다 할 수 있을까. 하여간 사람에게는 확실하게 그것이 있다. 내가 원해서 태어난 것이 아니라는 항변과 동시, 자결

권은 그의 손아귀에 쥐어져 있는 것이다. 그것은 일종의 아이러니다. 해서 그렇게 태어난 것이 원망스러우면 왜 여태까지 살았느냐, 하며 냉혹히 말하게 되는 것이기도 하다.

근원적으로 사람이 존엄하고 자유로운 존재인 것은 자기 생명에 대한 자결권을 보유하고 있기 때문이 아닐까. 어떠한 사람에게도 고통은 있다. 한 번쯤 죽고 싶다는 생각을 안 해본 사람이 과연 있을까. 산다는 것은 힘들고 생명은 애처로운 것이다. 오늘날과 같이 지구는 오염되고 생태계는 극심하게 파괴되어 가는 현실에서는 사람도 그러하지만 동식물의 삶은 그야말로 단말마와도 같은 고통으로 처참하다. 먹을 것이 없고 쉴 곳이 없고 인간 문명에 쫓기어 수없이 많은 것들이 도태되어 있다. 이럴 경우 왜 태어났는가 하는 의문은 처절한 것이다. 인본주의人本主義를 떠받드는 사람들 중에 인간 문제는 도외시하고 동식물을 의인화하는 거냐 뭐냐 하고 혹 나무랄 분이 계실지 모르지만, 하기는 르네상스 이후 인본주의는 인류의 지표였고 오늘까지 휴머니즘이 높은 덕목인 것은 사실이다. 그러나 그것이 오늘의 현실을 초래했다는 부정적 측면을 인정해야 하고, 인간 위주의 환경운동이 그 전철을 밟지 않으리라는 보장도 없으며, 인간 평등의 역사적 투쟁이 생명 평등의 의식으로 전환해야만 인류는 균형을 회복하고 지속적 생존을 영위할 수 있지 않을까 하는 생각이다.

이야기가 옆길로 빠진 것 같은데 여하튼, 딜레탕트라 해야

　　　　　　　　　　　　　생명의 아픔

할지, 그런 사람들의 관념적인 항변, 소위 부조리한 탄생 문제에 관한 얘기였는데 매우 정당한 사실을 말했음에도 그것이 공허한 것은 무슨 까닭일까. 대신 고통에 신음하는 계층의 원색적인 저주, 태어남에 대한 분노는 신선하고 정직하다. 어쨌거나 그들은 잡초처럼 끈질기게 절망을 극복하고 살다 간 우리들 대부분의 민초들 모습이기 때문이다. 현학적 혹은 철학적 논리보다 삶 자체의 진실은 바로 맥박이기 때문일 것이다. 반대로 전자의 항변에는 분식粉飾의 자의식이 있고 일종의 둔사遁辭로서 이기주의와 자기합리화의 무책임이 도식圖式 속에 숨겨져 있는 것이다. 어째서 그들은 자결의 열쇠를 쥐고서 삶의 탓을 남에게 전가하려 하는 걸까. 이러한 모순의 보호막이 즉 냉소와 장식으로서의 언어다. 불행히도 그 같은 수사학에 탐닉하는 지식인들의 병폐를 나는 여러 곳에서 보아왔다. 손도 발도 내밀 수 없었던 일제강점기 시절, 냉소와 방탕은 일부 지식인들의 정신적 저항의 수단이 되기도 했다. 절망과 분노, 고뇌와 갈등의 반사적 행위요 심리라 할 수 있었다. 타는 듯한 목마름, 무력감, 자포자기의 자해 행위였다. 해방이 되고 6·25 전란을 겪다가 독재 치하에 들어갔고, 민족이 분열되어 격심한 이념 투쟁에 휘말리어 정신이 황폐해지고. 그러나 한 가지, 일본인이 없는 내 땅에서 살고 있다는 자부심, 미래가 보인다는 그 점이 오늘을 이루게 한 원동력이었던 것 같다.

　그런데 이뤄놓은 오늘이 우리에게 어떤 것인가를 생각해

볼 시점에 와 있다는 것을 절감케 하는 것이 바로 오늘의 상황인 것이다. 모든 것은 물리적으로만 진행되어 왔고 앞으로도 그럴 것이라는 예감은 거의 틀림이 없을 것이다.

　여기서 물리적이라 한 것은 문리의 바른 이치를 말하는 것은 아니다. 상대적인 뜻에서 한 말이다. 물론 여기까지 오는 동안 지식인들의 공헌을 간과할 수는 없다. 그러나 궁극적으로 지식인은 기술자가 아닌 창조적 분야에 있어야 할 사람들인 것이다. 창조적 분야라 했을 때 그 얼마나 그 분야가 황폐해 있는가를 깨닫고 모골이 송연해진다. 한마디로 문명은 전성기를 맞아 전 국토에 넘쳐흐르고 있으나 문화는 찬 서리 맞은 가을꽃이 되고 말았다. 물질은 있으되 정신에는 큰 공동空洞이 생겨 무너져 내리고 있는 것이다. 오늘 사회는 그것을 여실히 보여주고 있다. 한 가지만 예를 들겠다. 어느 분야라 할 것 없이 정치, 문화, 경제, 교육, 어느 한 곳 빠짐없이 만연되어 이미 기정사실로 된 것이 내용 없는 세몰이 현상이다. 내용이 없는데 어떻게 그것이 지상에 세워질 수 있겠는가. 바닷가의 모래성처럼 물결이 올 때마다 무너지고 만다. 만들어낸 것은 없고 도로徒勞에 그치는데 결국 일회용이요 한건주의다.

　모든 것은 밖에서 들여왔다. 특히 일본에서 저질의 것을 골라잡아 들여왔다. 백화점에서 줄줄이 서서 절하는 것까지 들여왔다. 그것이 마음이 아닌 물리적인 것이라는 데 불쾌감이 있고 불필요함을 느낀다. 모방, 복제품, 사고방식까지 모방과

　　　　　　　　　　생명의 아픔

복제품으로 범람하고 그것들이 창고에 가득가득 쌓여 있고 상점이며 거리며 어느 가정 할 것 없이, 모든 구조물 속에서도 흘러넘치고 있다. 결국 그것들은 쓰레기로, 정신적 쓰레기로 이 강산에 버려지고 배설된다. 절망의 반사였던 냉소는 대인관계에서 처신의 스타일이 되었고 방탕은 분노와 갈등, 자학적 묘사가 싹 빠져버린 순수한 쾌락으로 일회용 주사기가 되고 말았다. 인생이 없어진 것이다. 삶의 가치가 없어진 것이다. 과연 예술은 존재하는가? 의심할밖에 없다. 예술은 장식품인가 쾌락인가. 그것을 공급하는 것이 예술인가. 일부 작가들은 수요자를 위해 상품가치가 높은 것을 생산해 내야 한다고 핏대를 세우고, 언론 매체는 일회용으로 전면을 메우고 있다. 독자, 시청자는 소비의 왕이요, 황금알을 낳는 거위다. 언제까지? 소비자의 호주머니는 마르지 않는 샘이란 말인가. 바닥이 날 때, 그때는 어쩔 것인가. 우리 다 함께 죽자는 체념이 이렇게도 사회를 혼란 속으로 몰아넣는 것은 아닐는지.

비만의 원인 중 하나가 욕구불만에서 오는 과식이라는 것이다. 장식 과다도 결핍감의 반사 심리라 했다. TV 화면을 보고 있으면 사람은 안 보이고 장식만 주렁주렁, 박 넝쿨에 박이 매달린 듯 눈에 띈다. 행사장은 꽃으로 묻혀 있어도 정작 꽃은 보이지 않고 향기도 느낄 수 없다. 저 쓰레기를 어쩌누, 하는 생각뿐이다. 욕구불만, 결핍감, 이 풍요한 세상, 쾌락은 어디서라도 구할 수 있고 물품은 빈 곳 없이 채워져 있는데 사람들은 어찌하여 욕구불만과 결핍감에 빠져야 하는 것일까.

옛날, 여인들이 바느질해 놓은 한복을 바라보며 선線이 살아 있다고 한 말을 나는 기억한다. 선이란 무엇인가. 선이 살아 있다는 뜻은 무엇인가. 바로 균형이다. 균형은 생명인 것이다. 백자도 따지고 보면 선을 오므린 것이며 나타나는 것도 바로 선이다. 선이 살아 있다는 것은 생명감을 이르는 것이다. 우리 문화는 선의 문화이며 생명을 찾는 문화였다. 여기서 일일이 예를 들 수는 없지만. 생명의 선을 찾을 수 없을 때, 사람들은 불안을 느끼며 개칠은 불안의 행위다. 뭔가를 덧붙이고 또 덧붙여도 불안해지는 요즘의 사회 풍경, 먹어도 먹어도 배고픈 현상, 아귀지옥을 연상하게 한다. 자본주의는 말할 것도 없이 상업주의다. 파는 것이 지상이며 이윤을 얻는 것이 필수다. 옛날에는 족보 팔아먹은 놈이라 하여 패륜아로 몰아세웠지만 오늘은 그렇지가 않다. 팔 수 있는 것이라면 무엇이든, 돈이 되는 것이라면 무엇이든 가릴 것이 없다. 그리고 먹어도 먹어도 배가 고픈 아귀지옥이야말로 상업의 천국이다.

대체 그렇다면 우리의 불안은 어디서 비롯된 것일까. 어머니를 잃었기 때문이다. 어머니를 잃은 고아이기 때문이다. 우리는 지금 어머니인 대지를 잃어가고 있는 것이다. 어머니의 젖줄인 강물을 보면 알 것이다. 어머니는 깊이 병들었고 젖줄마저 썩어가고 있는 것이다. 지식인들은 냉소로써 변명하고 몸을 사리거나 뒷짐을 지고 먼 산을 바라보고 있다. 일부 지식인은 거울 하나를 얻은 야만인같이 남의 것을 우러러 떠받들며 후광을 얻으려 하고 또 일부는 뜨내기 장사꾼같이 북을

치며 질 좋은 상품임을 외치고 있다. 어느 산골짝 이장이 촛불을 켜는 한이 있어도 핵은 없어야 한다 하는가 하면 국회 개원연설을 한 어느 대표는 3만 달러 국민소득을 장담하고 있었다. 3만 달러, 그것은 국토의 초토를 의미한다. 이와 같은 엄청난 괴리, 지식인들은 어디메쯤에서 서성거리고 있는 걸까. 부끄럽다.

제2부
생명의 문화

1. 윤리와 정서

"윤리 도덕이 땅에 떨어졌다."

흔히 듣는 말이지만 요즈막에 와서는 거의 그 말에 대한 반응이 없는 것 같습니다. 윤리 도덕에 한해서만 그런 현상이 나타나는 것은 물론 아닙니다. 전반적으로 사람들 의식이 지엽에만 매달려 있고 근본에 대한 지각은 이미 상실된 것이 아닐까 의심이 들 지경입니다. 현실은 요란하고 분주하며 유동은 눈부셔서 사회가 활기에 넘치는 듯 보여지기도 합니다. 영상 매체는 말할 것도 없고 홍수같이 쏟아져 나오는 간행물이며 신문·잡지 등, 그 속은 각기의 목소리로 가득 차 있습니다. 그런데 이상하게도 세상이 침묵 속에 가라앉은 것 같은 착각에 빠질 때가 있습니다. 마치 무성영화처럼. 그런가 하면, 정지된 화면같이 온 세상이 순환을 멈춘 것이 아닌가, 그렇게 느껴질 때도 있습니다. 이것은 일종의 환상인지 모릅니다. 미래에 대한 예감 같은 것이라 할 수도 있겠고 끔찍한 망상일 수도 있겠지요. 그러나 이 시대의 흐름 속에는 이성이나 인간 본성으로는 제어할 수 없는 거대한 물질의 힘, 그것이 자행하는 갖가지 폐단이 있는 것은 사실입니다. 물질로 인하여 인간이 주체성을 잃어가고 있는 것도 부정 못 합니다. 흔히 돈의 노예, 물질의 노예라고들 하는데 그간의 사정을 단적으로 표현한 말입니다. 이 같은 현실 속에서는 누군가가 있어서 진실을 말하고 옳은 말을 하여도 듣는 이가 없을 것이며 설사 듣는 이가 있다 할지라도 자신이 처한 자리에서 판단하려 한다면 이 또한 듣는 이가 없는 것과 마찬가지일 것입니다.

말의 성찬, 제각기의 목소리, 어느 누구의 방해도 받지 않고 토해내는 목소리들이 충만해 있음에도 침묵으로 느끼는 것은 듣는 이가 없다는 바로 그 같은 사회적 현상 때문일 것입니다. 그러나 그보다 심각한 것은 말하는 이들이 결국에는 도태되고 만다는 일입니다. 군사정권 시대처럼 권력이 그러는 것도 아니며 허공과 같은 대세에 의해 그렇게 되는 것입니다. 왜 그것이 심각한 일인가, 말하자면 종자가 없어지기 때문이지요. 생명들은 그 연속을 위해 모두 씨앗을 남깁니다. 해서 생명들은 수만 년을 존속해 왔고, 이와 마찬가지로 진리나 진실을 향해 탐구해 온 말, 삶의 규범을 정립해 온 말들도 씨앗인 것입니다. 인간의 역사와 더불어 말들은 씨앗으로 존속해 왔습니다. 이 밖에도, 이것은 아주 집요한 유혹이지만 말하는 이의 동요하는 신념입니다. 동요는 무반응에 대한 공포이며 고립감이기도 합니다. 과연 나는 진실을 말하였는가, 옳게 생각했는가, 회의에 시달리다가 종내는 다수에 휩싸여 흔적을 지워버리게 됩니다. 좌절하고 체념하며 자포하거나 침묵하게 됩니다. 이것은 사회적으로 일반화된 현상이기도 하지만 특히 오늘날 지식인들의 풍토를 휩쓸고 있다 하여도 결코 과언은 아닐 것입니다.

　피동적인 삶으로 후퇴하여 꿈도 이상도 잃고, 다만 지식이란 일종의 매물로서 생활의 수단이라는 인식, 문학 역시 생산해내는 상품으로서 작가도 돈 버는 사람이라는 생각, 아무리 자본주의의 원리가 시장에 있다 하더라도 교육이나 예술까지 상품가치로 치부한다면 교육은 이미 부재일 것이며 예술은 창조 행위로 볼 수 없을 것입니다. 물질주의의 독재라고나 할까요. 그동안 많은 생명들이 멸종했습니다. 수천 년 경험의 축적인 문화의 중요한 부분들도 소실되었습니다. 물질을 존재의 근원으로 보는 입장에서는 추상적인 것은 허약하고 비생산적이며 별반 가치가 없다, 일상에서도 종종 부딪히게 되는 견해입니다. 물질문명에 적극적인 사람들의 합리적 사고 방식이지요. 20세기는 자본주의든 사회주의든, 이 두 이념의 갈등이 제아무리 격렬했다 하더라도 한 뿌리에서 발아한 것은 사실이며 다 같이 물질에 의한 과학으로서 형성된 시대였습니다. 그 한 세기 동안 우리 민족의 궤적을 살펴볼 것 같으면 바로 수난사 그 자체라 할 수 있는데, 오백 년 조선조가 종

생명의 아픔

언을 고했고 일제의 모진 사슬에 묶여 있다가 8·15 해방을 맞이했지만 민족이 좌우로 분열되어 6·25 동란이라는 처참한 동족상쟁을 겪지 않으면 안 되었습니다. 이러한 격랑 속에서 뒤늦게, 그나마 분단 상태와 군사독재의 암울함 속에서도 민족 특유의 순발력과 창의적 원동력으로 여하튼 자본주의는 뿌리를 박게 되었으며, 그것에 수반되는 온갖 문제와 모순, 갈등을 내포하면서도 오늘에 이르러 비록 한시적인 것이지만 소위 문명의 이기를 활용하여 물질의 풍요를 누리게 되었습니다. 그러나 우리들 정신의 영역은 좁아졌고 빈곤해졌으며 사회질서의 붕괴 위험의 요인으로 나타나기 시작했습니다. 해서 명분의 허구성이 도처에서 노정되고 있습니다. 그 사례의 하나로서, 지금 활발하게 세계화의 문제가 논의되고 있지만 그것은 기술적인 측면과 경제적 진출의 목적이 저변에 깔려 있는 것으로 진정한 인류적 차원에서는 비켜난 것입니다.

세계화, 세계주의란 오랜 옛적부터 인류가 소망했던 이상으로서 국가나 민족 간의 평등을 구현함으로써 전쟁이 없는 세계의 정부, 지구를 다스리는 하나의 정부, 인류의 정부를 수립하는 것이었습니다. 제1차 세계대전 후의 국제연맹이나 제2차 세계대전 후의 국제연합도 강대국에 의해 설립되고 결국에는 세계의 정치 무대가 되고 말았지만 본래의 이상은 세계가 통합되어 전쟁이 없는 올바른 질서를 찾자는 것이었습니다. 그러나 그 이상은 깡그리 사라지고 참으로 모호한 모습으로 다시 등장한 셈인데 신무기를 개발하여 세계 도처에서 판매되는 그런 세계화도 있을 수 있겠고, 경제적 판도를 넓히기 위한 세계 진출의 세계화도 있을 수 있겠고, 무한 경쟁의 대상으로서의 세계, 그런 선상에서의 세계화라면 호도에 불과한 것으로 본래의 이상과는 부합되지 않을 뿐만 아니라 명분이 약해집니다. 세계 진출을 굳이 반대하여 말하는 것이 아닙니다. 용어가 적합하지 않다는 것이며, 비유가 적절하지는 않습니다만 과거 동양의 평화를 내세우면서 침략전을 감행했던 일본의 경우도 있는 만큼 명분은 확실해야 하며 안팎이 같아야 한다는 생각입니다. 하기는 자본주의 체제의 한계일 것이며 상품 광고에는 성역이 없는 오늘을 생각할 때, 그러나 그 같은 가치 전도의 현실에 제동을 걸기 위해서라도 또 국가의 자존심을 위해서라도 명분은 선명해야 할 줄 압니다.

어쨌거나 세계를 향해 문호는 개방되었고, 넓은 공간을 향유할 수 있었음에도 사람의 시각이 좁아져 가는 이율배반, 그것은 물질에 치우친 데서 오는 의식의 축소일 것입니다. 보이는 것보다 보이지 않는 공간은 무한대입니다. 확실한 것보다 불확실한 것 역시 무한대입니다. 우리가 보지 못하고 확신할 수 없다 하여 그것이 없는 것은 아닙니다. 보이는 것, 확실한 것에다 말뚝을 박아놓은 물질주의, 과학 만능은 새로운 구속일 수도, 억압일 수도 있습니다. 즉 선택이 한정되어 있다는 점을 들 수 있습니다. 현실을 무시할 수 없다는, 흔히 쓰이는 말인데 오늘날 이 말같이 설득력이 강한 것은 달리 없을 성싶

생명의 아픔

습니다. 막히게 되면 언제나 꺼내는 전가의 보도 같은 것이며 근본적으로 봉쇄해 버리는 위협적인 말이기도 합니다. 도대체 오늘의 현실은 어떤 현실일까요. 방향 전환이 불가능하며 방법이 없다는 것인지, 최상의 상태로서 다른 대안이 필요 없다는 것인지.

물론 물질문명이 우리 인류에게 가져다준 것은 막대한 것이었습니다. 격세지감이란 오늘을 두고 할 수 있는 표현입니다. 비록 한시적인 것이기는 해도 풍요로움을 우리에게 안겨주었고 다양한 생활방식을 선물하기도 했습니다. 그러나 그에 못지않게 우리는 많은 것을 잃었습니다. 지구가 망가지고 자원이 고갈될 것이라는 전망, 이러한 가시적인 피해에 대해서 일일이 매거할 수는 없고 보이지 않는 부분, 정신 영역에 속하는 부분의 황폐도 이루 말할 수 없습니다.

앞에서도 말했지만 비생산적이며 별반 가치가 없는 분야, 그러나 명심할 일은 존재의 원리가 균형이라는 점입니다. 육체와 정신은 분리된 것이 아니며 그것은 하나입니다. 어떠한 경우에도 하나만을 선택할 수는 없습니다. 그릇이 있어야 물이 형태를 잡듯, 생명이 지닌 능동적인 것에 의해 피동적인 물질은 변화하는 것입니다. 어찌해서 보이지 않는다 하여 우주의 공간을 부정할 수 있겠습니까. 엄연히 그것이 물질은 아니지만 존재하는 것입니다. 인간이 이룩해 놓은 그 모든 추상적인 것은 능동적인 능력에 의해 능동적 내용이 담겨져 있는 것이기 때문에 매우 소중한 것이며 중심에 있는 것이기도 합니다. 한시적인 풍요를 위하여 우리는 많은 것을 버렸고 또 잃었습니다. 민족의 정서를 포용한 우리 고유의 말들의 많은 부분이 사어가 되었고 추상적인 그 많은 가치관은 물질주의에 의해 압사되거나 빈사 상태입니다. 그러나 잃은 그런 것들에 대하여 지금 슬픈 만가를 부르고 있는 것은 아닙니다. 지구가 망가지는 등 인류에게 닥쳐올 가시적인 문제는 가시적인 물질로 해결이 안 된다는 것을 말하고 싶었으며 능동적인 생명의 힘에 의해서, 본질을 추구하는 사고에서만이 해답이 나올 수 있다는 것을 말하고자 한 것입니다.

윤리와 정서라는 제목을 내걸어 놓고 너무 길게 변죽만 친 것 같습니다. 어디서부터 진입을 해야 할지, 그만큼 현실의 여건이 윤리나 정서를 논하기 어렵게 되어 있는 것 같습니다. 반윤리적 행위가 다반사로 되어 있고 살부와 살모, 천륜을 저버린 친족 살해 같은 사건도 그리 드문 일이 아닌 것을 보면 물질이 넉넉해짐으로써 인성도 넉넉해지리라는 기대를 뒤엎고 오히려 욕망의 분출이 보다 확대되어 가는 그 이치, 알 듯도 합니다. 물론 그 같은 범죄 행위는 법이 다스릴 것이지만 법의 범위를 벗어난 비윤리적 행동이나 사고방식은 비일비재, 사회의 뚜렷한 현상입니다. 옛날에는 윤리 도덕에 불문율이 따랐고 예방하기 위하여 학습을 하게 되어 있었습니다. 그러나 오늘날 과연 그 불문율이 존재하는가, 학습은 하고 있는가의 문제를 생각해 볼 수 있고, 근본적으로는 사회가 그러한 불문율을 보장하고 있는지, 학습을 권장하고 있는지가 문제입니다. 그러나 그것은 모두 부정적인 것으로 보여집니다. 첫째, 불문율은 자유와 개인의 권리에 의해 저지되고 있으며 옛날과 같은 작은 단위의 공동체가 무너져 버린 현재로서는 사실상 불문율이 효력을 나타낼 장소가 없는 것입니다. 둘째, 학습의 경우, 이것은 어릴 적부터 가르쳐야 하는 것이지만 앞에서도 말했듯이 가치관의 변화는 진작부터 있어왔기 때문에 옛날과 같은 부모의 소임은 이미 맥이 끊어진 상태라 할 수 있고, 학교 교육 역시 입시 교육, 기술 교육이 화급하고 실리에 치우쳐 그럴 겨를이 없습니다.

사회적으로도 실리 교육과 인성 교육에 대한 인식의 격차가 너무나 커서 윤리는 철저하게 현실감을 잃고 말았습니다. 인간은 교육에 의해 다른 차원의 삶을 살 수 있습니다. 그러나 인격이나 인성의 도야로 정신적인 다른 차원의 삶을 얻는 것보다 가시적인 물질과 출세를 통하여 다른 차원의 삶을 누리겠다는 오늘의 저 무성한 욕망은 과연 그 어느 쪽을 택하겠습니까. 선택의 여지가 없습니다. 기술의 습득, 입시를 위한 학습, 그것은 선택이 아니라 필연이니까요. 하여 대학을 나왔어도 교양이 없고 윤리의식이 희박하여 언어 구사가 서툴고 예절을 모르는 젊은이들을 더러 보게 되는 것입니다.

불경 중에「목련경」이라는 것이 있습니다. 목련존자가 석가에게 간청하여 지옥에 떨어져서 도현의 고초를 겪는 악모惡母를 구원하는 과정을 서술한 경문입니다. 그리고 이 일이 연유가 되어 7월 백중을 정하여 망자의 극락왕생을 비는 행사가 있고 오늘까지 유래되어 법사를 지속하고 있습니다. 여기서 목련존자의 행위는 물론 효행입니다만 정서적인 것이냐, 윤리적인 것이냐, 한번 생각해 볼 수도 있는 일 아닐까요. 목련존자의 효행은 윤리적인 것입니다. 왜냐하면 악행을 거듭하여 지옥에 떨어졌던 모친은 정서를 함양할 수 있는 대상이 아니었고 그리움을 자아내게 할 만한 공동의 추억도 없을 것이기 때문입니다. 악행을 저지르지 않으면 안 되었던 모친에 대한 연민은 있었겠지만요. 다음은 목련경과 백중날의 행사인데 그것에는 분명하게 효행을 권장하는 의도가 있습니다. 그러나 우리는 고려장이라는 그 시대의 어두운 흔적을 상기하지 않을 수가 없습니다.

일본에서도 『나라야마 부시코』라는 소설에 고려장이 재현되고 있습니다. 그러나 일본의 경우는 '마비키[聞引(まびき)]', 즉 솎아낸다는 뜻인데 아이들을 죽였던 것입니다. 노인이든 아이든 그것은 윤리 이전의, 생존을 위하여 처참하게 벌어진 인간의 비극으로 보아야 할 것입니다. 다음, 유교를 정치 이념으로 내걸며 역사 표면에 나타난 조선조는 유교의 중심 사상인 효제와 충서를 권장이 아닌 필수적 실천의 덕목으로 하고 그 가치관을 확고히 했습니다. 그리하여 조상 숭배는 우리 민족의 정신 속에 뿌리를 내렸고 효 사상은 말단 기층 계급에까지 관념으로 굳어졌던 것입니다. 강압에서 오는 폐단도 물론 있었습니다. 『심청전』의 내용에서도 그렇고, 가난한 사람들

은 장사, 제사 등을 치르면서 과용으로 빚을 지고 허리 펼 날이 없었다는 것도 그렇고, 양반 계급에서는 형식을 중히 여기며 형식에서 흐른 폐단도 들 수 있을 것입니다. 여하튼 이러한 가치관이 깨어지기로는 경술국치 후 계몽파와 기독교 문화, 일본의 민족문화 말살이라는 세 개의 흐름에서 시작되었고, 주로 동경 유학생들이 주류를 이룬 계몽파는 성급하게 우리 문화를 부정하고 파괴의 일익을 담당했던 것입니다. 그러니까 한 세기 동안 서양 문명을 받아들이기 위하여 꾸준히 우리 것을 부정하고 지속적으로 파괴해 왔다 할 수 있을 것입니다. 그 당시로서는 그것도 하나의 명분이었겠으나 자강自强해야 한다는 방법에는 오류의 삯이 도사리고 있었습니다. 내 것을 부정한다는 것은 나를 모멸한다는 것이며 내 민족에 대한 모멸감, 즉 엽전 사상이라는 비하 의식이 식자층을 잠식해 오는 현재에도 일부 식자층에 그 잔재가 청산되지 못한 채 새로운 친일파가 등장하고 있는 실정입니다.

사상이 빈약하여 알맹이가 비어 있는 일본의 신도神道에다 불교를 접합하여 신불습합이니, 유교를 끌어들여 신유습합이니 하고 갈팡질팡 방법을 모색했던 일본에 윤리 도덕의 관념이 희박한 것은 잘 알려진 사실입니다.

해방 후, 재기한 일본을 경이와 선망으로 바라보는 일부 무지각한 사람들이 일본을 본으로 삼으려 했던 것이 우리 고유의 가치관이 무너져 내리는 요인 중의 하나였으며 가속의 역할을 했다 할 수도 있을 것입니다. 어쨌거나 시대를 지배하는 하나의 이념은 적든 많든 강압성을 띠게 마련인데 자유를 막으며 구속하는 것으로, 또는 곰팡내 나는 구시대의 것으로 치부하는 윤리 도덕, 그것에 속해 있고 권장의 대상인 효도를 다른 해석 방법으로 현실에 접근하게 할 수는 없었는지. 목련존자의 효행에 관해 잠시 언급을 했습니다만 그것은 윤리로서의 효행으로 보았습니다. 그와는 다르게 정서로서 길을 트게 할 수는 없겠는지. 학습하고 권장하는 것이 아닌 내부에서 우러나는 것 말입니다. 정서 교육이라는 말이 있기는 있으나 그것은 정서가 우러나게 환경을 마련해 주는 것으로 강압하고 권장하는 성질의 것은 아닙니다. 언젠가 들은 얘깁니다만 내가 아는 어떤 부인이 전해준 것입니다. 그 부인이 외출에서 돌아왔을 때 주방에서 그의 남편이 무 하나를 깎아서 어적어적 씹고 있었다는 것입니다. 남편이 말하기를, 지나오는 길에 리어카에 실려 있는 무를 보니 할머니 생각이 나서 사 왔노라. 그러고는 어릴 적에 학교에서 돌아오는 고갯길에 이르면 멀리 기다리고 서 있는 할머니를 볼 수 있었고 할머니는 얼른 밭에서 무를 뽑아 깎아 주면서 "배고프제. 이거 먹어라." 그런 내력을 말하면서 할머니 손에 자란 그의 남편이 울더라는 대강의 얘기였습니다.

그리워하는 마음, 그리움 그것이 효도 아닐까요? 우러나는 마음, 형식이 아닌 마음, 물론 그 정서를 형성하는 데는 부모가 정서적이어야 할 것입니다. 정서적 환경도 필요할 것입니다. 정서적인 공동의 추억도 있어야겠지요. 배금사상에 찌들고 출세라는 목표를 향해 자식을 내모는 그런 부모와 자식의 관계라면 서로 간에 차디찬 계산밖에 남는 것이 없을 것입니다. 출세한 자식, 돈에 길들여진 자식, 형식적 효도는 가능할지 모르지만, 경우에 따라서는 깊은 고뇌 없이 부모를 배반할 수도 있을 것입니다.

현실적으로도 많이 목격하는 일이지만 도시보다 시골에 그 정서적인 효심이 많이 남아 있는 듯하고 출세하고 많이 배운 층보다 육체노동을 하는 서민층이 육친에 대한 유대감이 강한 것 같았습니다. 얼마 전에 TV에서 〈동물의 세계〉를 보고 깊이 생각해 본 일이 있었습니다. 한 집단의 고릴라가 이동하는 장면이 있었는데 노쇠한 고릴라 한 마리가 낙오된 것입니다. 그러나 그의 자식으로 다 자란 두 마리의 고릴라가 아비를 돌보기 위해 함께 낙오되었습니다. 그러다가 결국 늙고 병든 고릴라가 죽고 마는데 두 마리의 자식이 가슴을 뚜드리며 야단이 난 것입니다. 슬픔의 격렬한 표시였습니다. 그리고 아비가 죽은 뒤에도 그 곁을 떠나지 않고 서성대며 부패하기 시작한 아비의 시체 곁에 앉아서는 털을 고르는 광경을 볼 수 있었습니다.

또 기억나는 것은 사자 떼들에게 습격을 받은 물소를 구출하기 위해 모여든 물소들이 상처받은 물소를 안전지대인 물속으로 몰고 가는 장면도 TV에서 본 적이 있습니다. 흔히 말하기를 동물들의 행동을 본능이라고들 합니다. 그러나 그와 꼭 같은 행동을 하는 인간들에게는 본능이 아닌 윤리 도덕의 기준으로 말합니다. 왜 그럴까요? 동물에게는 윤리 도덕이 없기 때문일 것입니다. 물론 고릴라나 물소의 행동이 윤리 도덕에 나온 것은 아닙니다. 그러나 그것은 본능이 아닌 정서라고 생각합니다. 공동의 추억을 가진 것들이 느끼는 그리움, 정이지요. 누가 가르친 것도, 시킨 것도 아닌 저절로 우러나는 마음일 것입니다. 우리가 진실로 되찾아야 하는 것은 가르치는 이치에 앞서 우러나는 '순수한 그것'일 것입니다. 그리고 사회와 개인이 상호적으로 작용해야 하며 사회에 대한 인식이 자연을 연상하게 하는 것이 되어야 할 것입니다. 사물에 대한 애정도 자연에서 비롯되는 것이며 생명에서 싹트는 것입니다. 차디찬 물질문명은 인성도 물질화하는 어쩔 수 없는 속성을 가지고 있습니다.

생명의 아픔

2. 본성本性에 대한 공포

마음 한구석에 매달려서 바람이 불면 흔들리는 그네와 같이 요즘 나를 불안하게 하고 괴롭히는 몇 가지 문제가 있다. 실은 괴롭힌다기보다 막다른 골목에 몰린 그런 기분이라 하는 것이 옳지만, 그것도 따지고 보면 새삼스러운 일이 아니다. 내 개인적 신상에 관한 것도 아니며 총체적으로 절박하게 당면한 문제하고도 거리가 있다. 그러나 총체적이라는 말을 하고 보니 왠지 한번 짚고 넘어가고 싶은 유혹을 느낀다. 그간 총체적이라는 말이 귀에 설지 않았고 근자에 와서는 총체소설이라는 말이 나돌고 있는데 그것을 어떻게 파악해야 할지 궁금했다. 언어란 때에 따라 모호하기도 하고 한계를 나타내기도 하지만 그럼에도 불구하고 발랄한 속성을 지니고 있다.

사전을 찾아보니까 '총체적'에 대한 해석이 '전반적'이라는 한 마디로 간단하게 적혀 있었다. 미흡했다. 융통성이 엄청난 그 말에서 개념을 뽑아내기가 번거로워 그랬을까, 아니면 단순한 수치적 개념밖에는 달리 뭐가 없는 걸까. 여하튼 자유롭게 생각을 좀 해야 할 것 같았다.

우주, 지구, 세계, 국가, 집단, 편의상 그것들을 공간으로 간주하면서, 가장 광대한 우주를 총체로 보는 것과 마찬가지로 단위가 작은 지구나 국가에 대해서도 총체 혹은 총체적이란 말을 쓰는 데는 별 무리가 없을 성싶다. 내용적으로도 인간과 생물, 존재하는 일체, 그리고 인류가 이룩해 놓은 유형·무형 모두를 합쳐서 총체적이라 하는데 그것을 개별적으로 나누어 가령 문화의 총체성이라든지 총체적으로 문화를 논한다거나, 역시 관례적으로 쓰여지고 있다. 그러나 총체, 총체적이라는 말 자체를 생각한다면 이것은 이쪽으로, 저것은 저쪽으로 하며 가르고 구분 짓는 것은 무의미하고 쓸데없는 짓인 것 같지만, 변화하고 진행하는 상황까지 포함한 총체일 때는 사정이 달라진다. 고정관념을 용납할 수 없게 되기 때문이다. 그리고 '전반적'이 평면적이라면 '총체적'은 입체적인 것으로 문자가 떠오른다. 변화하고 진행하는 상황, 상상해 본다. 참묘한 느낌이다. 거대한 괴물이 살아서 꿈틀거리는 것만 같은 환상에 싸이는데 모든 것을 몽롱하게 한다.

틀이란 추상적인 것이다, 이 경우에는. 그러나 알맹이는 존재하는 것이며 구체적인 것이다. 변화와 진행은 시간일 수도 있고 상황은 시간이 연출하는 것인지도 모르겠다. 아무튼 이

생명의 아픔

세 가지를 묶으면 명실상부 총체, 총체적이다. 그러면 총체란 능동적인 것인가. 변화와 진행이 있는 것으로 보아서는 능동적이라 할 수 있고 천지지변을 생각해도 그렇다. 그러나 이것이 결론일 수는 없다. 그러면 가시적인 세계로 돌아와서 우리 현실을 헤치며 생각을 다듬어 보기로 하자. 되풀이되는 질문이지만 우리가 인식할 수 있는 총체적인 것은 과연 능동적인 것인가. 그 자체에 능동적 능력이 있는 것인가. 이 집요한 질문의 의도는 인류나 민족 개개인의 능동적 본성을 압도해 오는 대상으로 총체적인 것이 존재하는 데 있다. 사실 진실이란 끝없는 규명, 탐구의 대상이지 그 정체를 우리는 모른다. 총체가 능동적이냐 피동적이냐 하는 문제도 다만 추측이 가능하고 환상할 뿐이다. 그러나 총체적인 능동성이란 생명의 작용에 의한 것이 아닐까 하는 생각은 든다. 빛이 투사되면 반사되는 관계, 빛이 없으면 투사·반사는 다 같이 불가능해진다. 그러니까 능동적 힘을 주는 것은 능동적인 생명의 역할로 볼 수 있다. 문제는 능동적인 존재를 피동적으로 변화하게 하는 상황으로 총체적인 것이 몰고 간다는 그것이다. 피동적인 것은 반생명이며, 물질적인 것이며, 창조적 능력이 없는 것이며, 종種의 소멸을 가져오는 요인이다. 저 북쪽 내 겨레의 반쪽이 지금 굶주림을 겪고 있다. 그것이야말로 피동 그 자체의 참혹함이다.

우리 민족이 총체적으로 당면한 절박한 문제는 무엇이며 또 우리는 어떻게 능동적 본성을 잃어가고 있는가. 문제는 많지만 그 첫째가 찢어진 조국의 땅이며 이 편 저 편 포진하여 서로 적으로서 50년 가까운 세월 위기의식에 시달려 온 일일 것이다. 국토가 황폐하고 산천은 파괴되어 삶을 위협하는 각종 현상이 노정된 환경에 관한 것도 예외일 수는 없을 것이다. 이 밖에도 해방 이후 줄기차게 이어져 내려온 부정부패와, 개선되기는커녕 더욱더 저질의 권모술수만 횡행하는 정치 풍토, 연달아 발생하는 대형 사고가 있고, 경제 침체, 실업자 증가라는 검은 그림자가 드리워져 있다. 일일이 다 예거하자면 한이 없는데 요즘에 와서는 일각이 터져서 청문회 바람이 불고 있다. 그리고 수천 억이니 몇조 원이라는 상상하기 어려운 숫자가 항간을 휩쓴 지는 이미 오래다. 사실 이런 일에 관한 설왕설래는 지겹도록 되풀이되어 왔다. 지치도록 들었고 말하기도 했으며 지면에 씌어지기도 했다. 그러나 듣기 좋은 꽃노래도 한두 번이라 했던가. 쓴다는 행위 자체도 궁극적으로는 잔치가 끝난 뒤의 날장구 치는 격이다. 그 많고 많은 지식인들, 하기야 전반적으로 오늘은 범람 시대니까. 그 지식인들은 이러한 상황 속에서 대체 어떤 모습으로 존재하는가. 어정쩡한 모습. 선 자리에 대한 인식조차 아리송하다. 희화적이라 하는 것이 더 솔직한 얘기일 것이다. 발소리를 죽이고 살금살금 다가가는 모습은 은밀하고 기대에 차 있는 듯 보인다. 그러나 매번 나비는 천연스럽게 날아가 버린다. 빈약한 방법과 초점의 혼란, 자연은 말이 없고 엉거주춤 멋쩍어하는 모습의 풍경화는 이상주의자의 허상을 드러내놓은 것이며, 오늘날 지식인이나 예술가의 초상이 아닐는지. 그러한 이상주의자도 실은 몇 명이나 남아 있는지 모를 일이지만. 하기야 심약한 그들보다는 심장이 튼튼하고 결론이 확고한 사람들이 훨씬 많지. 소위 자본주의의 기수들인데 문학작품도 자본주의 원리에 의해 상품으로 선포해 놓고 문학의 개성을 논하고 창작의 자유를 주장하고들 있으니, 혹 모르지. 그들은 자본주의의 꽃인 자유경쟁을 두고 말했는지도. 아무튼 앞에서 말한 그러저러한 일들로 세상이 늘상 들끓고 뒤숭숭하다. 사람들은 어디다가 뿌리를 내려야 할지 혼란에 빠지고 방향조차 가늠하지 못한 채 어디론가 떠나야 한다는 충동에 사로잡히곤 한다. 겉보기에는 적어도 그렇다. 그러나 사회적 소용돌이와 개개인의 갈등 그 밑바닥에 흐르고 있는 것도 과연 겉보기와 같은 것일까. 야릇한 생각이 든다. 내 마음의 비밀을 엿본 것 같은 느낌이다. 그것은 또한 말할 수 없는 비애이기도 하다. 사건이나 문제가 생겼다 하면 텔레비전이나 신문들의 독무대가 된 것같이 우리 눈에 비친다. 그것은 연극 무대 같기도 하고 사람들은 관객이나 독자가 되어야 한다. 설사 어떤 엄청난 일에 넋이 나가고 흥분의 도가니 속으로 빠져든다 하더라도 무대와 관객 사이에서 설명할 수 없는 일종의 괴리현상을 엿보게 되는 것은 무슨 까닭일까. 진실에 대한 열정보다 관객과 독자에게 관심이 쏠리는 소위 언론 매체의 상업성 때문인지, 관객이나 독자 역시 외형과는 다르게 그 내면에는 혼란은 고사하고 차디찬 무관심, 구경꾼의 심리에서 벗어나지 않는다. 오래전부터 삶에 의미 부여를 거부해 왔던 것처럼 철저한 무간섭주의다. 그렇게 되면 더불어 노는 것이 아니라 혼자 놀게 된다. 개인주의 도피성, 찰나적인 것이 자연스럽게 수반되는데 어쩌면 그것은 좌절과 절망에 빠지지 않기 위한 마지막 방어 수단이랄까 자구책 같은 것이라 할 수도 있다. 지식인들의 냉소도 그와 비슷한 면이 있는 것 같은데 냉소는 깨어 있다는 것을 강변하는 심리적 몸짓으로 볼 수 있으나 어쩌면 그것은 진실과의 거리감을 엄폐하려는 시도로 생각할 수도 있다. 일종의 심리적 이중구조다. 사고방식이나 심리 상태가 의식하건 아니하던 간에 이중구조로 돼 있다는 것은 그만큼 영악하다 하겠으나 삶의 의지 같은 것인지 모른다. 다분히 부정적인 그것을 변호하거나 합리화할 의도는 추호도 없다. 다만 생존의 필요 이상을 탐하는 자들에게는 삶의 의지라는 말이 통용될 수 없음을 덧붙인다.

사회구조가 복잡해지고 세분되어 분업화로 진행해 온 과정에서 사람들은 어떻게 피동적 존재로 변질되었는가. 복잡해졌다는 것에서 일종의 미로迷路를 연상할 수 있다. 세분은 말 그대로 잘게 쪼개지는 일이다. 두 경우는 다 같이 인간의 본질을 상하게 하는 물리적인 힘인 것이다. 날카로우면 무디게 되려는 경향이 있듯이 복잡한 사회구조 속의 사람들도 단순해지려는 경향이 있고, 잘게 나누어져 분산되거나 분열되었을 때 전반에 걸쳐 미치기가 어려워 작은 하나를 잡게 되며 나머지는 생략하게 된다. 그러니까 두 가지는 모두 간소하게

생명의 아픔

대응하기 때문에 그것이 지나치면 공식公式 하나로써 못할 것도 없게 된다. 사고할 여유나 필요가 없어지는 것이다. 해서 감성은 희박해지고 이성은 약화된다. 바로 기능적 인간으로 변모되어 가는 것이다. 피동적 존재가 되는 것이다. 사고는 능동성의 근원이며 창조의 원천이다. 그리고 말할 것도 없이 능동성은 생명의 본질인 것이다.

축소 지향의 선구자는 일본 민족이다. 국군주의로 일관해 온 일본의 체제는 진작부터 국민을 기능인으로 개조해 왔다. 오늘 그들의 경제적 성공은 축적된 기능적 능력이 자본주의를 맞아들인 결과이다. 그러니까 궁합이 썩 맞아떨어졌던 것이다. 기능인은 기계에 가깝게 감정을 배제한 합리적인 개조 인간이다. 생산을 위해 정확한 공식만을 필요로 하는 것이 기능인 전형이다. 일본 민족이 그토록 잔인할 수 있었던 것도 감정 부분에 속하는 죄의식이 희박했기 때문이며 종교나 철학을 효용적 가치로만 받아들였기 때문이다. 현인신으로 강림하는 천황제의 그 허구를 용납하는 것 역치 효용적 가치관에서 비롯된다. 저 우주적인 샤머니즘의 광활한 시대로부터 틀을 잡아서 어느 정도 좁혀진 불교의 시대로 넘어왔고, 인간 행위의 규범을 논거로 한 유교는 만물이 아닌 인간으로 한정된 철학으로 보다 좁게 정신세계를 다잡아왔다. 이제 우리는 물질이라는 가시可視 안의 아주 아주 좁아진 의식세계에 간신히 발붙이고 있는 것이다. 일본은 진작부터 가시적인 세계를 고수해 왔다. 그들도 샤머니즘, 불교, 유교를 거쳐서 오늘에

와 있다. 그러나 아까 말한 것처럼 그들은 하나의 공식, 효용 가치로만 받아들였기 때문에 정신적인 터전은 매우 황량하다. 그런 탓으로 도덕과 윤리의식이 희박하고 진정한 종교철학은 부재 상태. 일부 우리 지식인들이, 물론 우리의 근대는, 근대를 유도한 것은 동경 유학생으로 시작했으니 그 왜곡된 것의 흔적이 아직 남아 있기 때문이겠으나 요즈막에도 일본을 선진국으로 우러러 받들며 얻어오는 것이 사실은 서구에서 얻어와서 검증을 해본 것으로 아류에 지나지 않는다.

나는 일본의 행적에 진한 혐오감을 가지고 있다. 그러나 일본 민족을 혐오하는 것은 아니다. 의외로 개인들을 사귀어보면 단순하고 소심하며 범죄적으로 보이지 않는다. 어떤 민족이든 일본과 같은 체제 속에서는 그렇게 될 수밖에 없었을 것이다. 지금 우리는 일본의 영향을 받고 있다. 아니, 그들의 모든 것이 우리 땅을 석권하고 있다. 버젓이 문화라는 이름을 둘러쓰고 음탕하고 잔인하고 폭력을 찬미하는 오락물이 그야말로 판을 치고 있으며 인간성 상실에 부채질을 하고 있다. 어떤 사람은 말하기를 인간성 상실보다 생존이 보다 시급한 일이라고. 나 역시 생존을 가장 앞자리에 놓고 있다. 그러나 인간성 상실은 멸종의 전주곡이 아닌가. 경제만으로 생존이 가능한 것은 아니다. 물질이 범람하면 썩는 것이 이치다. 그리고 다음에는 결핍이 오고 소멸하게 돼 있다. 물질의 더미, 쓰레기의 더미 속에서 이미 멸종은 시작되고 있으며 자원의 고갈도 시작되고 있다. 인간이라고 그 진행에서 예외일 수

생명의 아픔

는 없다. 오늘의 이 식곤증이 언제까지 계속될 것이라 생각하는가. 지금의 풍요는 잠정적인 것일 뿐 결코 영원한 것은 아니다.

축소 지향의 선구자는 일본 민족이라 했지만 우리 주변 도처에서도 그 같은 현상이 나타나고 있다. 의식세계뿐만 아니라 구체적으로. 예를 하나 들 것 같으면 가족제도다. 부족사회라는 공동체에서 대가족제도로, 지금은 핵가족으로 변천해 왔다. 적어도 핵가족이라면 구성은 가능해진다. 남편과 아내, 자식, 삼각이 구성되는 것이다. 그러나 부부로 좁혀지면 구성이 불가능하고 선이 하나 그어질 뿐인데, 쓰레기 더미 속에서 멸종은 시작되었다고 했지만 부부만의 항구적 단위로는 이 역시 좋은 없어진다. 게다가 상당히 팽배해 있는 것이 독신주의다. 즉 하나인 것이다. 생명에는 하나라는 것은 없어지는 숫자다. 물론 극단적인 얘기지만 논리의 근거가 전혀 없는 것은 아니다.

이중구조에 관하여 좀 첨가해야겠다. 의식의 이중구조는 이미 말했고 그것은 자구책인지도 모른다는 얘기도 했다. 그러나 빠뜨린 것이 있어서 설명 부족인 감이 없지도 않아 그것부터 말하고 넘어가겠다. 하지만 어쩌면 의식의 이중구조와 같은 궤도인 만큼 중복될 우려도 있다. 총체적인 것의 이중구조에 관하여, 앞서 안과 밖이라는 것을 말했으며 틀과 알맹이, 또 진행과 변화라는 설명을 하기는 했으되 그 대립 관계에 대해서는 모호하지 않았나 싶다. 결국 총체적인 것을 두

개로 보는 견해다. 거대하고 조직된 것으로 그 조직에 필요한 모든 것을 수용한 총체하고, 생명, 즉 인간과 모든 생물의 총체, 이 두 개의 대립은 과연 어떠한 것인가. 투사와 반사라는 말을 했지만 일단 그 거대한 조직을 피동적이라 치고 그 피동적인 것에 생명이 능동적으로 힘을 실어주게 되면 그 반사가 도리어 능동성을 박탈하고 피동적으로 변질시킨다. 그러나 다음은 피동적인 것에서는 힘을 얻을 수 없는 거대한 조직은 피동체로 돌아갈밖에 없고 결국은 공멸하게 되는 것이다. 심리적 이중구조에 관해서도 자구책으로 피동적 존재가 된다는 것은 어디까지나 잠정적일 뿐 운명은 같다. 공멸한다는 운명, 손쉽게 핵무기를 얘기한다면 그것을 만든 것은 복합적이지만 거대한 조직일 것이며 힘을 실어준 것은 능동적인 생명에 다름 아니다. 그러나 가공할 무기 앞에서는 모든 생명이 피동적일 수밖에 없다. 그 힘 앞에 인생이 무슨 의미를 지니겠는가. 호랑이가 들이마시는 숨 속으로 빨려 들어가는 하루살이 같은 것, 그냥 무의미하게 웃기나 하고 살자, 그것이 피동적 삶의 발상인 것이다. 진실이나 사실 같은 것이야말로 힘 빼는 것 아니겠는가. 그러면서도 삶을 포기하지 못하고 한층 집착하며 강한 애착을 가지는 것이다. 의미 없는 인생, 의미가 없으니까 은은한 미소가 없을 것이고 인생에 대한 희열이 없는데 홍소가 있겠는가. 인생이 유쾌하지 않으니 폭소가 없다. 그러나 웃기는 해야 한다. 돈을 지불해서라도 웃기는 해야 한다. 해서 바야흐로 세상에 코미디의 전성기가 도래한 것

　　　　　　　　　　　　　　　생명의 아픔

이다. 너도나도, 그러나 혼자서 단출하게 웃자. 수요가 많아지니까 배우나 탤런트도 그 쪽으로 몰리고 점잖은 교수께서도 코미디로 세간에 나타나게 된다. 노래방·전화방·비디오방 별 희한한 업종이 우후죽순으로 쏟아져 나오고, 놀고 즐기기 위한 업종은 거대한 산업으로 번창하고 있는 것이다. 좌절하지 않기 위하여 절망하지 않기 위하여 잠정적인 것을 잊기 위하여 사람들은 스스로 폐쇄된 구석으로 기어들어 혼자만의 삶을 낭비한다. 이것은 희극이 아니다. 비극이다. 총체적으로 당면한 절박한 문제다.

뜻하지 않게 '총체적'이라는 말 한 마디에 발목이 잡혀서 정해진 지면을 거의 써버리고 말았다. 자유롭게 쓰고 생각한다고 하지만 글의 모양새가 좀 우습게 돼버렸다. 되돌려 볼 시간의 여유도 없고 별수 없이 쓰는 데까지 가보아야겠다.

그것은 평범한 일상의 어느 순간이었다. 텔레비전을 켜놓은 채 방을 들락거리는데 마치 돌팔매처럼 그 말이 내게 날아왔다. 텔레비전에서 나온 말이었으며, 지금은 그것이 무슨 프로였는지 기억에 없다.

"동물 중에 동족을 살육하는 것은 인간밖에 없다."

그 말을 듣는 순간, 처음 듣는 진실 같았다.

'그래, 맞아! 동족을 살육하는 것은 인간밖에 없지!'

나는 마음속으로 외쳤다. 소에게 물을 먹여 도살한다는 얘기를 들었을 때, "네놈들도 죽어서, 내세에는 반드시 그 소와 같은 고통을 겪을 거야!" 하고 외쳤는데, 인간의 그 잔학성을 무엇에다 비할 것인가. 그러나 조금도 새삼스러운 일이 아니지 않은가. 인간 사회에서는 역사가 시작되면서부터 있어왔던 일이다. 이 나라의 불행한 백성 중의 한 사람인 나 역시 불감증 환자가 되어 웬만한 일에는 무반응이다. 날로 새로운 범죄가 발생하고 난마와 같은 부정, 어느 한구석 썩지 않은 곳이 없고, 그 모든 것을 일일이 헤어보다간 사람이 미치지 어디 온전하겠는가. 한데 풍월을 읊는 것도 아니겠고 수천 년, 그보다 훨씬 더 올라갈지 모르지만 여하튼 기정사실인 그 일을 두고 내가 막다른 골목에 몰린 듯 괴로워할 까닭이 없다. 그야말로 뚱딴지 같은 짓이며 변죽을 쳐도 유분수, 남들은 바삐바삐 가는데 동산에 앉아 한가하게 잘 논다, 해도 할 말은 없다. 하기는 내 자신도 나를 어릿광대 같이 느낀 것이 한두 번이 아니다. '잘살아보세'가 한창이던 시절, 환경 문제를 운운했고 녹슬고 이끼 낀 옛날을 들먹이며 일본을 성토한 일이며, 그래서 비웃음을 사고 차디찬 겨울비 같은 비애를 느낀 것도 한두 번이 아니다. 고무 같기도 하고 스펀지 같기도 한, 철저하게 합리적인 대상으로부터 문학소녀 취급도 받았고. 그런데 바로 지금까지 나는 그 짓거리를 하고 있는 셈이다. 새삼스러운 일도 아니며 내 신상에 관한 일도 아니며 총체적으로 당면한 절박한 문제도 아닌 것을 왜 이렇게 집요하게 생각하는지를 나도 모를 일이다. 이북에서 인육을, 그것도 어린것을, 아마 그것은 사실이 아닐 것이다. 그러나 우리는

　　　　　　　　　　　　　생명의 아픔

나치가 수십만 인간들을 가스실에 밀어 넣고 살육한 것을 기억하며, 백주대로에서 30만 양민들을 살해하고 강간하고 어린것을 공중에 던졌다가 총검으로 받아서 죽인 저 난징대학살을 기억하며, 생체실험, 세균전쟁, 원자폭탄, 역사란 아마도 그 절반은 동족 살육의 기록인지도 모른다. 어째서 인간은 만물의 영장인가. 어째서 인간은 신으로부터 선택받은 존재인가. 사람뿐만 아니라 이 세상에 생을 받은 모든 생명은 다 살고 싶어 한다. 어떠한 역경 속에서도 살기를 원한다. 영웅같이 죽는 것보다 초근목피로 삶을 이어가는 것이, 그것이 진실이다. 사는 것 이상의 진실은 이 세상에 없다. 그러면 생명들은 왜 살고 싶은 것일까. 그것은 본능 때문이라고 했다. 그러면 본능은 대체 무엇이란 말인가. 그것은 아직 아무도 모른다. 신神을 모르듯이, 신을 본 일이 없는 것과 마찬가지로. 살고 싶고 살아야겠다는 의지는 자기 자신의 실존을 의식하고 사물을 인식하는 데서 시작되며 삶을 가능하게 하는 것이 바로 능동성이다. 그리고 생명만이 보유한 능력이다. 그것은 고귀하고 값진 것이며, 어떠한 보물로도 대신할 수 없다. 그럼에도 불구하고 생물은 생물을 먹지 않고는 생존할 수가 없는 것이다. 그것은 근원적인 비극이며 갈등이며 원죄적인 것이다. 우리는 자연의 순환으로 자위하기도 하고 체념하기도 하며 풀뿌리 하나, 들꽃 하나, 풀벌레 하나, 그 모두가 생명인 이상 애잔하다. 살기가 힘들고 외로우며 씨앗을 위해 헌신하는, 이 대자대비의 세계, 인간만이 동족을 살육한다는 것은 천지만물 중에서 억조창생 중에서 가장 저열한 종자가 아닐 수 없다.

다른 또 하나의 문제는 현실적인 것이다. 동산에 앉아 한가하게 잘 논다는 핀잔을 듣지 않아도 되는 일이다. 그러나 문제의 각도는 상당히 다르다. 얼마 전 신문을 보고 알았는데 한국에서 절약운동을 정부 차원에서 하고 있다는 미국의 트집에 관한 것이었다. 내정 간섭이다, 우리를 어떻게 보고 하는 말이냐, 그따위의 분노 같은 것을 그 기사에서 느끼지는 않았다. 대신 심한 경멸을 느꼈다. 아무리 상품을 팔아먹는 것이 자본주의의 금과옥조라고 하더라도 체면이 있지, 물밑에서 하는 짓거리라면 봐줄 수도 있는 일이나 공개적으로 그 무슨 초라한 형상이냐 싶었던 것이다. 미국이 지구 위에 존재하는 것은 사실이다. 물론 한국도 지구 위에 존재하는 국가이며 민족이다. 지금 지구는 어떻게 되어 있는가. 간단하게 얘기해서 쓰레기에 싸여 있고 자원은 고갈 일로로 가고 있다. 정부가(정부는 민간 운동으로 발뺌을 하고 있지만) 절약운동을 시책으로 삼았다면 그것은 썩 잘한 일이며 지구를 위해서도 일조를 한 셈이다. 절약운동이야말로 모든 국가가 해야 할 일이며 미국이라고 예외는 아니다. 이 시점에서 절약이야말로 인류의 최고 도덕이며 덕목이다. 동시에 인류가 살아남는 통로로서 절실한 현실적 문제이기도 하다.

생명의 아픔

3. 생명과 영혼의 율동으로서의 멋

한이라든가 신바람 같은 것은 우리 민족 고유의 정서라 할 수 있고, 멋 또한 독특한 우리 민족의 정서다. 그것은 다 같이 추상적인 것으로서 복합적인 내용을 지니고 있으며 의의가 응축되어 있는 언어, 즉 표현이다. 그럼에도 불구하고 표현의 한계를 느끼는 말이기도 하다. 그것은 느낌의 세계이기 때문일 것이다.

우선 멋이라 했을 때 맨 먼저 머리에 떠오르는 것이 일연이 쓴 『삼국유사』다. 알다시피 『삼국유사』는 불교적 색채가 짙은 사서史書지만 한편 우리 민족의 정신사라 할 수 있으며 알게 모르게 오늘에 이르기까지 우리들 의식 속의 큰 흐름이라 볼 수도 있을 것이다.

『삼국유사』 속에는 여러 인물들의 행위나 개성이 기술돼 있다. 그 개성들은 멋으로 나타나는데 그중의 하나로 처용을 들 수 있겠다. 아름다운 자기 아내를 범한 역신을 노래로 뉘우치게 한 처용의 감정 처리는 실로 놀라운 정신미의 극치를 이루고 있다. 그것은 인간이 도달한 높은 경지의 정신적 균형으로서의 멋이다.

그리고 또 하나, 소를 몰고 가던 노인이 벼랑에 핀 꽃을 탐내는 수로부인을 위해 꽃을 꺾어 바치면서 〈헌화가〉를 불렀다는 얘기가 있다.

서양에서는 소위 기사도의 전범으로 돼 있는 것이지만 말에서 내리려는 여왕을 위해 물 고인 땅바닥에 망토를 벗어 까는 기사, 그 정경을 눈앞에 떠올릴 때 우선 젊음을, 그리고 용맹과 사랑(헌신)을 감지할 수 있다. 그러니까 그것은 현세적 혹은 세속적인 것이라 할 수도 있으며 정열과 욕망을 수반하는 것으로도 보여진다.

〈헌화가〉의 경우와는 매우 대조적이다. 젊음을 초월하고 욕망도 다 털어버리고 속세를 떠난 노인의 〈헌화가〉가 보여주는 정신적 세계는 잡다한 것을 다 생략하고 가장 원천적인 것, 균형으로서의 자연 그 자체와도 같은 순수하고 높은 경지를 느낄 수 있다. 욕망을 다 걸러내 버린 담백한 자연이 모든 생명에게 베푸는, 그러나 그것은 희생이나 친절의 개념과 다른 연민, 자비라고나 할까. 희생이라는 일방적 부담이나 친절이라는 다분히 냉담하게 유리된 감정과는 다르게 무사無私하며 있는 모습 그대로 정직하다고나 할까. 즉, 천의무봉天衣無縫

의 상태가 최고의 멋의 경지가 아닐는지.

멋은 문화의 산물이다. 어쩌다 생각이 나지만 그것이 추상적이든 구체적인 것이든 각기 다른 민족의 문화는 그들 나름의 다른 것으로 통합돼 있고 사람과 땅 사이에서 균형을 이루고 있으며 하나의 구조물같이 튼튼하게 짜여져 있는 것이 참 절묘하다는 느낌인데, 물론 그것에는 긴 세월의 흐름이 있었기 때문일 것이다. 흔히들 전통이라고 하지만 각기 다른 민족, 다른 환경 속에서 판이한 문화는 세월만큼 정돈되고 완성을 향해 진행돼 왔다 할 수 있을 것이다. 해서 역사의 길고 짧음을 말하게 되는 것이기도 하다.

그러나 오늘은 다르다. 그것을 세계화라 말하기도 하고 시간과 거리의 단축에서 온 것이라고도 하지만, 그래서 대부분의 사람들, 민족 혹은 국가는 얻은 것 못지않게 많은 것을 잃어가고 있다. 그중의 하나가 멋이 지닌 의미의 상실이다. 또 이질적인 것의 수용은 균형을 깨고 혼란을 가져온다. 진정으로 그러한 이질적인 것이 통합되고 균형을 잡기까지는 많은 세월이 필요할 것이다. 궁극적인 인류의 꿈이지만 세계의 통합은 문화의 통합이다. 앞서 멋은 문화의 산물이라 했지만 반대로 문화는 멋에 의해 형성된다, 그렇게 말한다면 과장일까. 문화는 신바람에 의해 이루어지고 한恨의 본질을 추구하는데서 진행한다, 이 말 역시 과장일까.

신바람이나 한에 대해 여기서 설명할 시간이 없기 때문에 이야기가 매우 허술해지지만, 멋이 사고와 행위와 생활방식에 관한 미학이라면 신바람은 창조의 기쁨이며 한은 생명의 본질에 대한 물음과 소망이다, 하고 불충분하지만 요약해 보았을 때 오늘과 같이 그러한 우리 민족의 정서가 축소되거나 배격되는 상황에서는 황당하다 할지 모르겠지만 과연 확대 해석이 과장이라고만 말할 수 있을까.

오늘은 문명에 의해 완성된 시대가 아니다. 오히려 인류나 모든 생물들은 생존에 위협을 받고 있다. 이대로 문명이 독주하는 세계화는 통합의 꿈을 실현하지 못할 것이며 문화에 의한 통합만이 존속의 가능성이 있는데, 그러기 위해서는 확대 해석한 부분은 반드시 부활돼야 한다고 믿는다.

멋은 자연스러운 것, 자연스러운 것은 생명 그 자체며 정신이나 행동거지에서도 자연스러울 때 멋으로 나타나는 것이다. 어떤 물체나 조형예술도 자연스러울 때 멋을 발견하게 되는 것이다. 멋은 균형이며, 균형은 존재하게 하는 것이며, 예술가가 작품 제작에 임해 균형을 추구하는 것은 결국 생명을 추구하는 것이다.

멋이나 신바람과 한, 이 세 가지 말은 일본어에서는 찾기가 어렵다. 굳이 말한다면 멋은 '이키', 신바람은 '교[興]', 한이라는 말은 숫제 해당되는 것이 없다. 일본에서도 '우라미[恨み]'로 발음되는 한이 있지만 그것은 다만 원한·원망일 뿐 우리의 한이 지니는 생명의 본질에 대한 비애와 소망이 포함돼 있지 않다. '교'도 재미나다는 단순한 표현일 뿐 역시 창조적 기쁨은 없는 말이다. 특히 멋에 비등하다고 보는 '이키'도 정신

생명의 아픔

적 미의식이 전적으로 배제된 에로티시즘과 그로테스크가 농후한 일종의 미의식이다. 지극히 현세적이며 쾌락적인 것이다. 농염한 여인의 모습, 단칼에 사람을 베는 무사의 모습, 그것에 준한 것에 대한 표현이다.

철저하게 현실적이며 지상적인 것으로 어쩌면 오늘의 일본, 소위 자본주의가 성공을 거둔 오늘의 일본은 그 같은 맥락으로 짚어볼 수 있지 않을까 싶다. 오늘의 우리나라 현실도 그렇다. 이러한 현실을 구가하는 사람도 있고 일본을 선망하는 사람도 적지 않은데 과연 그것에는 한계가 없겠는가. 우리는 그 한계를 지금 눈앞에 바라보고 있다. 이대로 나간다면 인간은 쾌락만을 위해 존재하는 동물이 되고 말 것이며 일하는 기계로 전락하고 말 것이며 물질 만능은 자연을 피폐하게 하고 生의 설 자리는 없어질 것이다.

진정 우리는 원하는 삶을 살고 있는가. 이러한 세상을 꿈꾸며 출발하지는 않았을 것이다. 문명은 융성하나 사람들은 야만으로 퇴화하고 있는 것이다. 현재는 패션쇼의 전성기요, 개성의 시대라고도 하고 미스코리아가 관심의 대상이다. 또 멋이라는 말도 그런 것에만 집중적으로 쓰여지고 있다. 사실 그런 부분에 멋이라는 말이 쓰여지는데 이의가 있을 수 없고 그런 부분이 여분으로 있는 것 역시 이상할 것은 없다.

다만 그런 것에만 국한돼 있다는 것이 문제라 생각한다. 조형적인 것, 색채, 인간의 존엄함과는 상관없이 과시한다는 것은 일종의 자비自卑 의식으로도 보여지는 것이다. 영혼이 따르지 않는 것, 물질의 종이 되어 야기되는 제반 현상은 진정한 멋과는 거리가 먼 것이다. 멋은 결코 천박한 것은 아니다. 아름다운 감정이 흐르는 선線과도 같은 것이 아닐까.

우리 민족의 문화는 멋으로 집약된다고 나는 생각한다. 직선은 생경하다. 그러나 곡선은 유연하다. 그리고 흐름이다. 우리의 산천이 그러하고 우리의 구조물, 의복 할 것 없이 일체의 생활용품에도 곡선을 선호한 흔적이 역력하다.

심지어 버선의 코까지, 외씨 같은 버선발이라는 그야말로 간드러진 표현도 바로 그 곡선에서 비롯된 것이 아닌가. 생명은 율동감이다. 흔들리며 배어나오는 영혼의 율동이기도 한 것이다. 살아 있는 것은 존중돼야 한다. 살아 있다는 것은 추상적인 것이며 결코 물질 그 자체는 아닌 것이다.

4. 문학과 환경

　환경은 모든 생명의 현장이라 할 수 있습니다. 따라서, 삶의 본질을 추구하는 문학에서도 환경은 조건과 사건 발생에 대응하는 등장인물들의 현장인 것입니다. 그러나 우리는 오늘날 환경의 한계점을 어떻게 파악하고 인식해야 하는지, 인간 위주의 좁은 시각에서 환경 문제를 거론할 것인가, 범생명적인 차원에서 환경 문제를 보다 확대해 볼 것인가, 더 넓게는 우주 자체를 유기체로 생각하는 입장도 있고, 여하튼 이러한 일이 단순한 축소, 확대되는 공간만을 의미하는 것이 아님은 물론, 그 내용 자체도 중첩되고 다층적이며 세밀히 조직된 세포와도 같이 민감하다, 그렇게도 말할 수 있을 것 같습니다. 그러나 각기 관점에 따라서 그 내용의 편차가 극심해질 수도 있고 상반된 개념에 부딪힐 수도 있을 것입니다. 분명 이것은 일종의 혼란입니다. 그럼에도 불구하고 편의상 틀을 짠 개념이라는 것, 그 틀 하나를 가지고 만사를 넘기려 드는 오늘의 지적 풍토는 아무래도 멀리서 내방한 손님같이 낯설어 보입니다. 이론에 주저앉고 마는 지식의 속성 또한 바람이 비켜 가는 견고한 성곽같이 느껴집니다. 이러한 경향을 감안할 때 오늘의 내 얘기는 오히려 혼란에 보탬이 되지나 않을까, 메아리 없는 소리가 되지 않을까 심히 두렵습니다. 그러나 용기를 내어 분석이나 실증 같은 과학적 속박을 풀어버리고 저 알지 못할 먼 공간을 향해 방황해 보고 싶은 심정으로 우리의 삶, 모든 생명과 사물이 담겨져 있는 자연 또는 환경에 대하여, 공간에 대하여 얘기하고자 합니다. 합리주의가 충만해 있는 현실에서는 황당한 것으로 치부할 수도 있겠지만 비논리적 사고의 공간으로 들어가 보는 것도 그리 해될 것이 없다는 생각입니다. 인간의 소망은 언제나 미래 지향이며 알지 못하는 곳을 몽상합니다. 미래는 보이지 않는 허방이나 짙은 안개에 가려진 피안 같은 것으로 약속된 것도 방향 제시도 없습니다. 그러나 그곳은 희망이며 가야 하는 것은 필연입니다. 문학 또한 삶의 그림자요 상징이며, 때론 어둠 속의 길잡이가 될 수도 있는 만큼 마땅히 동행해야 할 것입니다.

40, 50년 전만 하더라도 환경이란 아주 좁은 부분, 가까운 일상의 주변을 지칭했던 것으로 기억합니다. 가령 학교라든가 병원이나 어느 마을같이 작은 단위의 주변을 환경이라 했으며, 어떤 특정 인물의 생장 과정에 수반된 조건이나 형편을

두고 환경이라 하기도 했습니다. 물론 아직 그 같은 범위에서 통용되기도 합니다만 국토라든지 지구라는 단위, 혹은 지구에 영향을 미치는 지구 밖까지 확대되어 논의하는 것이 소위 요즘의 그 환경 문제일 것입니다. 산업화의 확대와 시간적으로 세계가 좁아지면서 변화한 생활방식과 사물에 대한 인식이 결국 환경의 문제로 나타나게 된 것인데, 그러면 환경과 자연은 어떻게 다르며 어떠한 관계일까요. 사물에는 서로 상반되면서 상관되는 모순이 있고 상황에 따라 변화하기 때문에 사실 환경과 자연을 일도양단으로 분리하여 논하기는 어렵습니다. 그러나 일단 생태계의 차원에서 모든 생물이 살아가는 환경이라면 자연과 별반 차이가 없습니다. 그러나 인간을 제외한 생물 일체를 자원으로 간주할 때 환경은 인공적 공간으로 그 개념이 바뀌게 되는 것입니다. 이렇게 되면 다소 명료해지는데, 인공적인 환경의 영역이 확대되면 그런 만큼 자연은 축소된다는 결론이 나오고, 부연하자면 생물이 서식하는 공동의 공간을 사람들이 독점하여 본시의 것을 허물고 재구성한 곳이 오늘 논의되는 바로 그러한 환경일 것입니다.

그러면 왜 인공적인 환경이 문제가 되는가. 그곳에는 필연적으로 오염과 순환을 저해하는 일들이 발생하기 때문인데, 그러나 그보다 더 절실한 것은 생태계의 파괴인 것입니다. 다아는 일이지만 하나의 사례로서 갯벌의 매립을 들 수 있습니다. 수천수만 년을 살아왔고 먹이사슬의 기층을 형성해 온 미생물이 일시에 자취를 감추는데 그게 단순한 일이 아닙니다.

결과적으로 하찮은 그것들의 멸종이 인간의 생존을 흔들어 놓을 것이라는 사실, 이것도 이미 잘 알려진 일입니다. 생명은 어떤 경우에도 연대적인 것으로 공생 없이 그 어느 생물도 존재할 수 없으며 만물의 영장으로 일컫는 사람도 예외는 아닐 것입니다. 그런데 왜 그 같은 일이 행해지고 있을까요. 직접적인 요인으로는 물질을 절대적 가치로 보는 사회구조 혹은 세계가 경제 제일주의의 구조로 개편된 것을 들 수 있고, 과학의 발달도 요인 중의 하나겠지만 저변에 흐르는 근본적인 것은 인간주의, 인간 위주의 사상과 총체적인 균형감각의 결여라 할 수 있을 것입니다. 우리나라에서도 요즘 미약하나마 환경운동이라는 것이 전개되고 있습니다. 그러나 자기 집 앞을 청소하듯 그것으로 그쳐서는 안 되고 인간을 위해서는 그까짓 미물쯤이야, 그런 생각에 못지않게, 인간을 위해 그런 미물도 보존해야 한다는 이기적 발상으로서는 환경운동에 큰 도움이 되지 못할 것입니다. 총체에 대한 인식과 생명의 평등을 인정하지 않는 한 운동은 실패할 것입니다.

자연과 환경은 다 같이 생사유전生死流轉하는 생명체가 삶의 실체를 인식하는 곳입니다. 어떠한 미물, 풀 한 포기라도 생명은 능동적인 것이며 삶은 능동적인 것의 표현입니다. 해서 보다 나은 삶을 열망하게 되고 안락과 행복을 희구하게 되는 것입니다. 자양분이 있는 흙으로 풀뿌리는 뻗어가고 따뜻하고 풍성한 먹이를 찾아 철새는 수만 리 장천을 날아갑니다. 인간만이 잘 살아보겠다고 발버둥 치는 것은 아닙니다. 사람

생명의 아픔

들은 새가 노래하고 나비는 꽃과 노닌다고 합니다. 그러나 새는 슬피 울기도 할 것이며 나비는 노니는 것이 아니라 살기 위하여 꿀을 찾아 헤매는 것입니다. 이와 같이 생명들의 공통점은 살아가기가 힘들다는 것, 모두 외로운 존재라는 것, 그럼에도 불구하고 새끼나 씨앗에 헌신적이라는 것, 그것을 생각할 때 깊은 연민을 느끼게 됩니다. 그 연민은 또한 내 자신을 향한 것임을 깨닫게 합니다.

그러나 대부분의 사람들은 생명의 동등함을 인정하려 하지 않습니다. 역사를 문자로서 연상하지 말고 흔적으로 생각할 때, 정의와 평등, 자유와 박애, 그것을 위해 인간은 노력하고 투쟁해 왔지만 인간이라는 고정된 관념에는 일종의 편견이 있었다는 생각이 듭니다. 삶의 반영이며 선도적 역할이 있을 수도 있는 문학도 대체로 추구해 온 것은 인간주의 또는 인간중심설에 입각한 것이었다고 생각합니다. 말하자면 축소된 공간이라고나 할까요. 특히 소설에서는 그런 경향이 거의 확고하여 인물들을 현저하게 부각하였고 중심에 두었습니다. 물론 사건도 중요했지만 그 파장은 중심에서 뻗어나온 것으로 역시 한정된 부분에서 무산되는데 그것은 한계가 뚜렷하고 의식 속의 공간이 축소되어 있음을 의미합니다. 소위 리얼리즘의 한계로 볼 수도 있습니다. 배경으로는 근대에 들어서면서 사회가 그 주조를 이루었다 할 수 있고, 환경은 인간 주변을 맴돌면서 사건과 인물과 연관을 맺는 것으로 보여지며 자연은 상당히 호도된 상태라는 느낌이 듭니다. 필요할 때만 조금씩 끌어들인다는 인상이고 먼 곳에서 들려오는 간주곡 같은 것이라고나 할까요. 자연을 무심한 존재로 보았기 때문입니다. 새가 노래한다는 수사적 표현은 사람들 관념 속에서 굳어버린 하나의 기호 같은 것이었습니다. 새가 슬피 운다 하고 표현했어도 그것은 표피적인 것으로 이면은 생략되어 있으며 상호 관계 역시 생략되어 있습니다. 나비가 춤을 추고 꽃과 노닌다는 것도 그래요. 춤을 추는 것도 노니는 것도 아닌, 살기 위한 노동이라는 인식이 전혀 없는 거지요. 자연을 무심한 존재로 보았듯이 대부분의 사람들 역시 자연을 무심히 보았던 것입니다. 생명의 본질, 삶의 진실을 인간이라는 연대 속에서 추구했고 그 밖의 것은 필요성을 느꼈을 때만 원용했다 할까요. 항상 인간이 조우하는 현실만을 논의할 때 공간은 축소될밖에 없고 유물적 관점에서는 더욱더 축소되며 치밀한 것 같으면서도 배제하는 부분이 많아집니다. 확실해야 하니까요. 이러한 사고는 서구 사회에서 그 부피가 두터웠던 것 같습니다. 신화나 종교에서도 신을 정점으로 하되 인간만이 선택된 존재입니다. 민주주의와 인권 투쟁의 역사도 길었으니까요. 거기에 비하면 불교 문화권인 동양에서는 상당히 관조적이라 할 수 있겠습니다. 지금까지의 얘기에서 오해를 받을 소지가 없지도 않을 것 같아 한마디 덧붙이는 것은, 우주 혹은 자연의 순환에 관한 것으로 특별히 자비심에 의한 평등을 강조한 것은 아니었습니다. 먹이사슬에 의한 총체적 균형에 대하여 말하고 싶었던 것입니다.

생명의 아픔

아시다시피 르네상스 이후 자신감을 얻은 인간들은 인간의 능력에 의한 유토피아를 건설하기 시작했습니다. 그것은 자연에 대한 도전이었고 확고한 신념, 가치관이며 미덕이었습니다. 그리고 생태계까지 포함하여 지구를 무진장의 자원으로 보았기 때문에 유토피아의 실현을 믿었고, 보이지 않는 것, 즉 신에게 매달려 있던 줄을 끊을 수 있었던 것입니다. 고도의 기술로 발굴하고 생산하고 소비하는 과정을 사람들은 발전이라 했고, 무한한 발전을 또 믿었습니다. 과학의 승리라고도 했지요. 그리고 자연을 주재하는 조물주의 권능을 획득한 것 같은 환상에 빠져서 인간의 능력을 높이 평가했습니다. 여러 차례 전쟁에서 신무기의 등장으로 인류는 유례없는 참상을 겪으면서도 사람들은 과학이 해결해 줄 미래에 희망을 걸었습니다. 과연 우리들 삶의 질은 어떻게 달라졌을까요. 자연에는 여벌이 없습니다. 그러나 생물 모두에게 공평했습니다. 자연은 혹독한 시련을 주고 무자비한 도태를 감행했지만 흙과 물과 공기, 햇빛은 젖줄이 되어 모든 생명, 삼라만상을 순환하게 했습니다. 한없이 자애로운 모신 같기도 했지만 종말을 묵시하듯 냉엄했고, 때론 광란하기도 했던 자연은 모순에 가득 찬 불가해한 존재입니다. 그러나 수십, 수백만 년 생물을 품어왔고 존속해 왔습니다. 근원적인 그 모순은 어쩌면 존속을 위한 의지나 고통 같은 것이나 아니었는지.

그러나 불과 한 세기 동안, 눈 깜짝할 사이에 지구는 노쇠하고 병들었습니다. 삶의 기본인 땅은 죽어가고 물은 썩고 있으며 공기는 탁하게 변했습니다. 오존층은 찢기어 머잖아 독기를 뿜어낼 지경에 이르렀습니다. 이것이 한 세기 동안 인간이 이룩한 업적의 결과입니다. 우리는 환경 문제의 논의가 깊어질수록 자본주의는 깊이 뿌리박은 것을 깨닫게 됩니다. 풍요와 오염은 동거 관계이며 환경오염은 바로 그 인공적인 풍요에서 출발합니다. 풍요하다는 것은 가시적이며 확실한 물질의 수량 여하에 따라 나타나니까요. 풍요롭다는 것은 안락하다는 것이지만 오염은 고통을 유발합니다. 한곳에서 상반된 두 가지 상황이 벌어지고 있다는 것은 일종의 아이러니가 아니고 무엇이겠습니까. 또 있지요. 풍요로운데 어째 사람들은 바빠서 눈코 뜰 사이가 없는 거지요? 환경오염, 풍요함, 다망, 이게 모두 과다생산 과다소비가 빚어낸 것입니다. 막대한 물자를 투입하고 주야로 오염 물질을 토해내면서 힘겹게 돌아가는 기계, 땀 흘리는 종업원, 그곳에서 생산해 내는 것은 도시 무엇일까요. 여벌일 수도 있겠지만 기실 그 대부분이 가외 것이라 해야 옳습니다. 가외 것이란 없어도 생존에는 지장이 없는 것 말입니다. 시장에 가보면 가외 것의 시장 점유가 필수품을 상회하고 있는 것을 볼 수 있을 것입니다. 호기심과 오락을 위한 산업의 확장, 거리마다 장식품은 넘쳐흐르고 개인의 주거 공간에도 여백의 편안한 자리는 그리 흔치 않은 것 같습니다. 심할 때는 덕지덕지 붙이고 놓고 그 잡다한 것이 고물상을 연상하게 합니다. 물론 과다생산 때문이겠으나 일면 사람들의 마음이 허해진 때문이 아닐까요?

생명의 아픔

어떤 행사장에 간 일이 있었습니다. 사방의 벽은 화환으로 가득 메워져서 벽면을 볼 수 없었습니다. 과연 저 꽃 속에는 보내는 이의 마음이 담겨져 있을까? 저 꽃들은 지금 다 죽어 있다. 나는 순간 현기증 같은 것을 느꼈습니다. 한두 시간이 지나면 쓰레기로 변해버릴 그것을 위하여 몇 달간 땅은 몸으로 자양분을 바치고 사람들은 땀을 흘리며 또 농비는 그 얼마이며. 그런데 고작 두세 시간을 위해 죽은 꽃들은 저렇게 웃고 있는가. 빈틈없이 벽을 메운 수십 아니 백 개가 넘는 듯한 화환들, 부가가치를 높인다든가 우루과이 라운드에 대항한다든가 너무나 정당한 주장을 펴면서 화훼 농장은 식량 농장을 잠식해 들어가는 것입니다. 어찌하여 먹지 않으면 살 수 없는 양곡의 값이 싸고 꽃은 비싼 걸까요. 이것은 한 예에 지나지 않습니다. 가외 것의 홍수 속에서 살고 있으니까요. 핵무기도 가외 것이며 그 가외 것이 세계 도처에서 풍성하게 거래되고 있습니다.

그러한 상황에 대한 도의적 분노나 정의감에서 나는 말하고 있는 것이 아닙니다. 숫자에 대해서는 생래부터 우둔한 편이지만, 그래도 지금은 계산에 큰 비중을 두고 말하는 것입니다. 우선 자원은 무진장이 아니라는 것을 전제로 하지만 그보다는 도처에서 균형이 마구 흔들리고 있는데 지구가 어떻게 견디어내겠는가 하는 것을 문제로 삼은 것입니다. 균형이 마구 흔들리고 있다는 것은 가시적인 것에만 한해 그렇다는 것은 아닙니다. 그것은 물질 만능이 빚어낸 현실이지만 보이지

않는 곳의 황폐화와 오염 상태도 결코 간과할 수 없는 지경에
까지 와 있습니다. 왜 하필이면 보이지 않는 곳인가 의아해하
실 분도 계시겠지만 문화를 두고 한 말입니다. 문화에 포함되
는 문명 즉, 인공에 대한 언급은 있었고 그와는 반대 개념인
정신 분야, 그러니까 추상적인 것에 대하여 보이지 않는 곳이
라 했던 것입니다. 사실 요즘같이 문화라는 말이 흔하게 쓰
인 적도 없을 것 같고 문화가 사방에, 발에 걸릴 정도로 널려
있는 시대도 없었을 거예요. 문화와 문명이 혼돈되고 경계선
이 없어진 때문이겠지요. 사실 문화와 문명은 공존 관계이지
만 오늘과 같은 세태에서는 확고하게 상반되는 관계입니다.
핵무기나 비행기, 자동차, 소위 기술에 의한 것은 문명이지요.
흔히 말하는 문명의 이기입니다. 핵무기의 경우는 문명의 흉
기라 해야겠습니다만 아무튼 문명이 온통 점령해 버린 현실
에서 공자 왈 맹자 왈이 통할 리 없고 가시적이며 확실한 것
만을 취하는 마당에 보이지 않는 것에 무슨 가치를 두겠습니
까. 결국 문화의 아류가 판을 치다 보니 발길에 걸릴 지경으
로 문화라는 것이 값없이 널리게 된 것 아닐까요. 문학도 자
본주의 방식에 의해 상품이 되는데, 그러니까 내용은 추상적
인 것이지만 제본을 하고 나면 가시적 존재로서 상품이 된다
는 얘긴지 모르겠습니다.

그러나 명백히 짚고 넘어가야 할 것은, 책은 상품일 수도
있으나 문학은 상품이 될 수 없다는 것입니다. 추상적인 것
이 어떻게 상품이 되겠습니까. 정신이나 마음이 상품으로 팔

생명의 아픔

렸다는 얘기는 들어보지 못했으며, 설사 그렇게 표현했다 하더라도 비유에 지나지 않습니다. 왜냐하면 실물이 아니기 때문이지요. 또 그렇습니다. 창작이나 창조란 없는 곳에서 새로이 만들어지는 것이며 모르는 것에 대한 탐구로부터 시작되는 것입니다. 가시 밖에서 불확실한 공간을 추구하는 행위가 창조인 것입니다. 한 줌의 점토는 형상을 인식하는 이전의 상태로서 가시 밖의 것일 수도 있고 불확실한 것이기도 하지요. 그리고 그것은 하나의 공간이 되는 것입니다.

　공간에 대해서는 하고 싶은 얘기가 또 있습니다. 아득한 옛날 우리나라에는 샤머니즘 시대가 있었습니다. 지금은 무속이라는 형식만 남아 있고 원시종교다 미신이다 하는 말을 듣지만 나는 생명주의라고 감히 말합니다. 생물에는 모두 영성이 있다고 믿은 그때의 사람들은 천 년, 오백 년을 살아온 나무의 영성을 위대하다고 생각했으며 그와의 교신을 소망했습니다. 소위 보이지 않는 부분이지만 살아 있다는 그 자체는 육신만으로 증명이 되지는 않습니다. 죽은 뒤에도 육신은 얼마간 존재하니까요. 능동적인 것만이 생명이니까 능동적인 원리는 보이지 않지요. 또 사람들은 죽어 이별한 그리운 이들과의 교신을 열렬히 희구했습니다. 그 희구가 미신에 속한다면 생명의 본질을 연구하는 과학도 미신인가요? 하나는 희구였고 다른 하나는 연구 혹은 탐구입니다. 연구나 탐구나 필경엔 희구 아니겠습니까. 어쨌거나 죽은 자와의 교신을 희구했던 그 시대 사람들의 공간은 퍽이나 넓어 무한했을 것이며 우주적이었을 것입니다. 그다음 불교 시대가 도래하는데 공간을 많이 정리한 느낌입니다. 지옥이나 극락, 윤회설 등 구체적인 설정이기 때문에 공간의 한계 같은 것을 느끼게 됩니다. 다음은 유교 시대이며 이때에 와서는 인간 행위의 규범이 골자로 되어 있어 공간은 말할 수 없이 줄어들었습니다. 다음은 유물론의 시대, 사회주의나 자본주의는 다 같이 물질을 위주로, 경제 행위를 우선으로 하고 있는 만큼 정신적 공간은 거의 말소된 것으로 보아야 하지 않을까요. 그러니까 의식의 공간이 어떻게 차츰 줄어들었는가를 알 수 있을 것 같습니다. 지금은 그 의식의 영토가 더 나가려야 나갈 수 없게 좁아진 것입니다. 사실이 그렇지 않습니까. 나는 옛날로 돌아가자고 얘기하는 것이 아니며 자연으로 돌아가자고 얘기하는 것도 아닙니다. 지금 처해 있는 상황에서는 공간을 확대하지 않고는 빠져나갈 길이 없는 듯싶고, 어느 하나를 택하는 이분법적 사고를 지향하고 중심에다 기둥을 세워 다시 새로운 균형을 잡지 않으면 안 된다는 얘기를 하고 싶었을 뿐입니다. 새로운 이데올로기의 창출 없이는 지금 이 현실을 타개하기 어렵습니다.

생명의 아픔

5. 생명을 존중하는 문화

문화사업은 조건 없이 투자하고 희생하는 것이며 단기간에 성과를 보는 것도 어려운 일입니다. 긴 세월이 걸리지만, 그러나 그 결과는 돈으로 환산할 수 없을 만큼 큰 것이며 역사적인 것입니다. 교육도 기술 전수라는 측면을 부인할 수 없지만 그 본질은 문화인 것이며, 문화는 삶의 지침이기도 한 것입니다. 그런데 오늘날 문화에 대한 인식은 어떤 것입니까? 사방에 널려 있는 것이 문화요, 친숙하게 입에 올려지는 용어가 문화입니다. 그러나 과연 문화가 있습니까? 그것은 문명이라는 늑대에다 양의 가죽을 씌운 것, 즉 박제된 것이 오늘의 문화가 아닐까요? 음주 문화, 교통 문화, 여기에도 문화란 하나의 포장지에 불과한 것입니다. 자본주의는 생산하고 소비하고 이윤을 챙기는, 말하자면 생명을 망각한 수치數値

가 있을 뿐입니다. 문화는 창조하고 발견하고 끊임없이 생명을 불어넣으며 존재를 보존하고 삶의 질을 높여나가는 것입니다. 물질이란 쓰면 쓸수록 줄어들게 마련이며 종국에 가서는 없어지게 됩니다. 지금 지구는 바로 줄어드는 과정을 겪고 있습니다. 자본주의가 질탕하게 소비를 부추기고 있기 때문입니다. 그러나 생명은 기르고 가꾸고 터전을 침해하지 않는 한 결코 줄어들거나 소멸하지 않습니다. 밀 한 알, 풀 한 포기는 생명들의 양식이지만 금괴·화폐는 결코 먹을 수 있는 것이 아닙니다. 양식과 교환한다는 반발이 있을 수 있고, 현재 그 교환 수단으로서 세계가 돌아가고 있는 것도 사실입니다. 그러나 밀 한 알, 풀 한 포기 없는 세상을 생각해 보십시오. 화폐로서, 금괴로서 교환해 올 양식이 없다면 재화란 아무런 의미가 없는 것입니다. 우리는 밀 한 알, 풀 한 포기 없는 세상을 상상할 수 없습니다. 그렇다고 해서 태평성세로 느긋해 있을 수는 없습니다. 음식 쓰레기가 산적해 있는 현실에 무슨 걱정이냐 하겠지만 지구가 사막화되어 가고 있는 것도 사실이며, 온난화 현상이 진행되고 있는 것도 부인할 수 없으며, 엄청난 돈과 시간과 인력을 동원하여 핵무기가 생산되고 있는데 세계 도처에 굶주리는 사람, 동식물이 있다는 것을 외면할 수 있겠습니까. 문명이 지구를 파괴하고 있는 것입니다.

불씨 만드는 것을 발견하고 씨앗을 뿌려 곡식을 거두어들이는 것을 창조해 낸 인간에게, 그러니까 그 시초는 문화로 출발하여 수천 년 문화는 삶을 위해 축적되어 왔습니다. 문화

생명의 아픔

는 농경사회로부터 싹터온 것입니다. 그러나 오늘날 농업을 문화적 시각으로 바라보는 사람이 없습니다. 농민 스스로도. 하나님이 생명을 창조했듯이 농민이야말로 생명을 창조하고, 그것을 기르며 삶을 영위하게 하는 기본에 서 있는 사람들인데도 말입니다. 삶을 억압하고 삶의 터전을 수탈하고 생태계가 혼란에 빠지면서 다가오는 위기를 오늘 우리는 속수무책으로 바라보고 있습니다. 삶과는 관계없는, 때로는 삶에 크나큰 위협이 되는 것들이 판을 치고 있는 현실, 그것에 대한 위기의식을 비관주의니 뭐니 하고 비웃으며 위정자들은 경제 문제만을 목이 쉬도록 부르짖고 있습니다. 방자하고 횡포한 문명을 문화로 다스리는, 원래 문명은 문화에 종속되는 것이었는데도 말입니다. 한데도 그 본질적인 것을 생각해 보지조차 않는 것이 오늘입니다.

문화는 반드시 생명을 위한 것입니다. 생명을 위해 창조하고 발견하고 균형을 잡아나가는 것입니다. 생명은 생명 아닌 것을 먹고 살 수 없습니다. 식물도 퇴비를 먹고 살찌워 나가는데 퇴비는 생명이 썩은 것입니다. 플라스틱이나 시멘트를 먹고 사는 생명은 없습니다. 그것이 순환이고 생태계의 질서인 것입니다. 이 순환을 억제하고 방해하는 것이 물질 만능의 자본주의인 것입니다. 자본주의는 먹지 못하고 생존과 관계없는 것, 때로는 생존을 위협하는 것을 축적합니다. 그리하여 무기를 팔아먹기 위한 전쟁이 있게 되고 전쟁은 지구를 초토화해 왔습니다. 창조를 위배하고 생존에 역행하는 것이지요.

농부는 생명을 가꾸는 사람입니다. 옛 농부는 내 자식 목에 젖 넘어가는 소리와 내 논에 물 들어가는 소리가 제일 듣기 좋다는 말을 했습니다. 사랑이지요. 상업주의가 만연한 오늘날 농촌에 그와 같은 사랑이 과연 남아 있을까요? 모든 생명들은 지금 사랑이 아닌 학대를 받고 있습니다. 자연과 격리되어 닭장에, 우사에, 아파트에 감금되어 살고 있습니다. 인스턴트식품, 화학비료를 먹고 농약에 시달리고 있습니다.

언젠가 분재 하나를 선물로 받은 적이 있었습니다. 분재는 일본에서 성행하는 것이었고 한마디로 생장을 억제하고 불구로 만든 나무를 보고 즐기는 것인데 나는 그것을 아주 싫어했습니다. 칭칭 감긴 철사를 풀었습니다. 풀면서 놀란 것은 철사의 양도 많았거니와 철사의 굵기가 나뭇가지만 하다는 것이었습니다. 그 나무는 아마도 죽어가는 나무가 부러웠을 것입니다. 규격에 맞추어서 살아가는 오늘날 생명들의 단적인 모습이 아니었을까요? 감옥에 갇혀 사는 사람은 사실 죽을 자유도 없는 것 아닙니까?

농업은 문화의 시작입니다. 사랑으로 기르는 생명, 억압하고 억지로 존재하게 하는 것은 물론 사랑도 아니지만 기르는 것도 아닙니다. 생명으로 인정하는 게 아니며 물질로 치부하는 것입니다. 그리하여 그 먹거리는 순수한 것이 아닙니다. 순수한 것을 먹지 못하는 생명들도 결국 순수할 수 없으며 생태계는 병들어 가는 것입니다.

끝으로 어떤 시인께서 말씀하시기를 맑은 물에 고기는 살

생명의 아픔

지 못한다. 불만에서 한 말이겠지만 청량제가 되어야 하는 시인의 말치고는 실망스러운 것이었습니다. 음식 쓰레기가 썩어나가듯 그 같은 현실을 용납해서는 안 된다, 나는 그렇게 생각합니다. 생존이 가능한 만큼에서 시인들은 맑아야 하며, 일하는 사람들, 특히 세상을 바로잡아 보겠다는 사람은 배부른 돼지가 되어서는 안 됩니다. 희생이 따라야 할 것입니다. 배부른 돼지들이 애국애족을 외치고 국가 번영을 역설하는 오늘의 풍토를 거부하기 위해서 맑은 물에서 노니는 소수인이 있어야, 그와 같은 의인이 없다면 미래는 절망입니다.

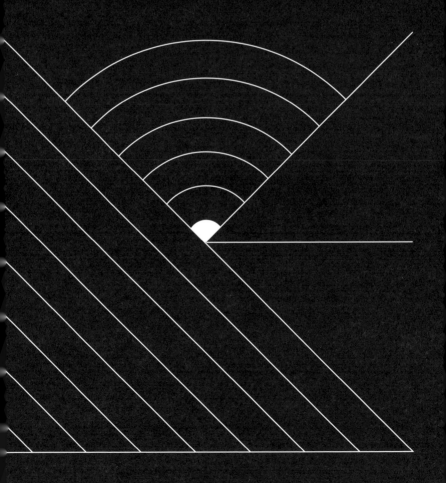

제3부

자본주의의 시간

1. 자본주의의 시간

재물에 대하여 치열하게 집념을 나타내는 것은 모든 생물 중에서 인간만의 특성이 아닌가 싶다. 그것은 생명에 대한 집착만큼이나 본능적인 것으로 어쩌면 그 파괴적 특성 혹은 욕망 때문에 조물주는 인간에게 이성이라는 것을 부여했는지 모를 일이다.

며칠 전의 일이었다. 비가 내리는데 우산을 받쳐 들고 산책길에 나섰다. 군데군데 건물이 아직 들어서지 않은 공터는 채마밭이 돼 있었다. 아파트가 군집해 있고 더러는 공사가 진행 중인 삭막한 풍경 속의 채마밭은 다소 기이한 느낌이었으나 반가웠다. 고추며 호박, 들깨, 콩 등 원주 집에서 늘상 접해온 작물이었지만 생명이란 어디서나 항상 새롭고 싱그럽다. 걷다가 걸음을 멈추었다. 부목도 세워놨고 김도 맨 깔끔한 작은 고추밭에 붉은 꽃을 매단 봉선화 두 포기가 비를 맞고 있었던 것이다. 집 안 뜰도 아니겠고 생산적 가치도 없는 저 봉선화를 누구 보라고 남겨두었을까. 중얼거리며 혼자 미소를 머금었다. 억조창생 미물에 이르기까지 포용하고 길러내는 숲과 산들을 마구 허물고 수없는 생명들을 말살하는 개발사업에 영 일이 없는가 하면, 반면 화훼단지라는 것이 산업적 성격을 띠어 뿌리 잘린 꽃들이 엄청나게 유통되는 또 하나의 역설 속에 저 봉선화를 보호한 사람은 대체 어떤 모습일까? 아마도 본래의 사람 모습일 것만 같다. 걸음을 옮기면서 생각한 것은 오래된 옛날 어디서 읽었는지, 미국의 얘기가 아니었나 싶다.

어떤 기업체에서 사원을 선발하는 방법으로 끈으로 묶은 꾸러미를 내놨는데 한 사람은 주머니칼을 꺼내어 끈을 잘랐고 다른 한 사람은 끈을 풀었다는 것이다. 채용된 쪽은 칼을 사용한 사람이었다고 했다. 기업주는 물자보다 시간을 아꼈던 것이다. 물론 그 시간은 기업주의 시간이었지 소비자의 시간은 아니었다. 소비자가 떠맡아야 했던 것은 낭비된 물자의 대가였고, 자원의 임자인 지구나 그 혜택을 받는 뭇 생명들 차원에서 본다면 에너지와 자원의 손실이었던 것이다. 아주 미세한 얘긴지 모르겠다. 그러나 도처에서 지속적으로 행해온 그 후유증을 우리는 현재 안고 있는 것이다. 그것은 보이지 않는 유령이며 그것으로 인하여 각일각 지구는 병들어 가고 있다. 종들은 하나둘 사라져갔으며 이 활기에 넘쳐 보이는 현실은 실상 자원 고갈을 향해 행진을 멈추지 않고 있는 것이다.

자본주의의 본질은 끝없는 이윤 추구 바로 그 자체라 할 수 있다. 시간과 물자와 인력을 포함한 에너지, 이 세 가지를 집약하여 조작하는 이른바 생산은 자본주의의 결실인 상품으로 나타난다. 해서 자본가들의 공간 개념은 지구도 자연도 아니며 국토도 아니며 상품이 유통되는 시장이라 할 수 있겠다. 어떻게 보면 그것은 회의 같은 것이 끼어들 여지가 없는 단순 명료한 체계, 우주 질서를 무진장 생략한 형태로도 볼 수 있기 때문에 철저하게 유물적이며 물신숭배로 팽배해 가는 것은 당연한 일일 것이다. 이러한 사회구조는 상대적으로, 정신적 소산이며 삶의 틀과 본이 되는 문화가 문명에 의해 본말의 전도 현상으로 나타난다. 한 시대의 말기 현상이기도 하지만 여하튼 온갖 잡다한 장식과 복제품이 문화라는 허울을 쓰고 있다. 그래서 소비성의 어지러운 범람을 촉진하여 대중적이라는 시세에 편승하여 저질 오락물에까지 이름을 빌려주는 참담한 모습으로 문화는 전락하게 되었으니, 문화란 아예 사라지는 게 아닐까.

문화가 사라지면 인간성도 사라진다. 이 같은 사회적 현상은 비단 물질적인 쓰레기만 퇴적되어 순환을 막을 뿐만 아니라 사람의 의식에도 쓰레기는 쌓여 가치관이 무너지게 되는 것이다. 문화란 삶을 위한 총체적 탐구이며 그 경험의 축적인데 오늘과 같이 분업화·전문화 되어가는 형편에서는 사물을 총체적으로 파악하기가 매우 어렵다. 지식인은 많아도 지성인이 드문 것은 그런 까닭인 성싶다.

생명의 아픔

정치인의 경우에도 인격을 느낄 수 없으며 욕망에만 탐닉하는 추한 모습들을 보게 되는데 그 역시 그들이 문화적 존재이기보다 문명적 존재인 데서 원인을 찾을 수 있을 것 같다. 그런가 하면 대부분의 사람들이 삶의 질을 높인다거나 경제적 풍요라는 것에 현혹되어 자본주의의 불모와도 같은 자리에서 엉거주춤하고 있는 것도 숨길 수 없는 실정이다. 생명을 온존하게 보존할 수 없는 제반 사정, 이를테면 환경오염이나 생태계의 파괴, 핵 문제 같은 것으로 지구가 휘청거리는 판국에 삶의 질을 높이느니 경제적 풍요니 하는, 이보다 더한 역설이 어디 있을까. 지구의 자원을 무한으로 보았고 후유증을 예상하지 못했던 근대화 시초의 이상이며 갈구였던 풍요의 실상을 우리는 지금 심각하게 인식해야 한다. 삼풍백화점이 무너진 후 회장이라는 사람이, 내 재산이 없어지는데 무너질 것을 알고 나갔겠느냐고 한 그 볼멘 음성이 귓가에 쟁쟁 울려온다. 백화점에 쌓인 상품보다 인명의 값어치가 없다는 얘긴가. 모골이 서늘해진다.

2. 달맞이꽃과 백로

몇 해 전 중국에 갔을 때였다고 기억하는데, 일본의 재무장을 근심하는 자리에서 어떤 분이 말씀하시기를 제2차 세계대전 이후 영토 개념이 달라진 만큼 염려하지 않아도 된다……. 그때 영토 개념이 달라졌다는 말의 뜻은 알 만했으나 염려할 것 없다는 데 대해서는 수긍이 안 되는 부분이 있었다. 1960년을 전후하여 식민지는 대체로 해방이 된 셈이고 정치적으로 독립한 것도 사실이다. 그러나 그것은 강대국 또는 전승국의 도덕적인 각성에 의한 것은 아니었다. 여러 가지로 번잡스럽게 된 식민지 경영에서 생산을 수단으로 하고 시장을 장악하여 이윤 추구의 경제 체제로 전환한 것이 식민지 청산의 요인 중 하나였을 것이다.

영토를 점령하는 것보다 무기를 생산하여 파는 것이 첩경

생명의 아픔

이며 어떻게 이상화하든 내용은 그렇다. 즉 침략적 본성은 상존하는 것이다. 일본 상공에서 투하한 두 개의 핵폭탄은 물론, 오늘날 수백수천의 핵실험도 계속되고 있는 현실이 침략의 본성을 드러내주는 것이다. 보다 치밀하고 은밀하게 진행되는 재무장 군비 확장은 보다 치밀하고 은밀한 신식민주의와 결코 무관하지 않을 것이다.

그건 그렇고, 사실 요즘에는 영토 개념이 달라졌다는 것에도 회의를 느끼게 된다. 과연 그것은 달라졌을까. 도시 영토 개념이란 무엇인가.

원주에 와서 얼마 되지 않았을 때였다. 꿩 알 열 개를 암탉에게 안겨서 열 마리의 꿩 새끼를 부화하게 한 일이 있었다. 그러나 족제비의 습격으로 절반은 결딴이 났고 그 후 부주의로 닭장 문을 열어놔 꿩들은 다 달아나고 말았다. 거의 다 자랐다고는 하나 어디 가서 뭘 먹고 살까. 심란했다. 그러던 어느 날 뜰과 잇닿은 숲에서 꿩 우는 소리가 들려왔던 것이다. 반갑고 기특했다. 생명의 강인함이 경이롭고 슬프기도 했다. 그리고 10년 넘게 숲속에 터전을 잡고 일가를 이룬 꿩들의 울음소리를 들으면 안심이 되어 밭을 매곤 했다. 더러는 고양이의 습격도 받았을 것이며 사람의 손도 탔을 것이다. 한번은 공기총을 들고 숲에 나타난 사람에게 나는 악을 쓰기도 했다. 그랬는데 요즘에 와서 꿩 우는 소리가 아주 딱 듣기 싫어졌다. 꿩뿐만 아니라 한동안 자취를 감추었던 꾀꼬리 울음도 간혹 들려오곤 했다. 집은 모조리 헐리고 사람들은 어디론가 다

떠나버리고 텅 비어버린 마을. 사람이 없어지니까 낙원이 되었는가, 새들이 모여들어 구성지게도 울곤 했다. 논이며 밭이며 숲 할 것 없이 머지않아 아파트를 위시하여 각종 건물들이 빽빽하게 들어설 판인데 새들은 어디로 가서 둥지를 틀 것이며 억조창생, 생명들이 참살을 당하게 생겼으니.

　새벽 다섯 시쯤이면 산책길에 나선다. 새까만 나뭇잎 사이로 찢겨진 옥색 하늘을 올려다보며 어둠과 밝음이 숨 가쁘게 교차하는 기운을 느끼면서 논둑길을 지나고 밭둑길을 지나 한참을 가면 새벽은 열리고 폐허가 된 마을이 나타난다. 6·25 전란 때 터전을 두고 무리 지어 피란길을 떠나던 남루한 사람들의 모습이 떠오른다. 그 옛날 일제가 내 강토를 덮쳤을 때 만주로 연해주로 떠나던 모습들도 피안의 안개 속 풍경처럼 아물아물 눈앞에 다가온다. 어디 그뿐인가. 보트 피플은 어떤가. 보스니아에서는 지금 이슬람교도들이 기약 없는 발길을 떼어놓고 있으며 아프리카 어느 곳에서는 고향 잃고 부모 잃고 굶주린 아이들, 노인 같은 모습에 철학자처럼 조용한 눈빛을 가진 아이들을 우리는 화면을 통해 보아왔다. 나 역시 이곳에 있어야 할지 떠나야 할지, 뿌리 뽑힌 잡초처럼 아무것도 손에 잡히지 않는다. 유랑민, 실향민, 이민, 민족의 대이동, 그런 말들이 있었다. 그것은 서사시치고도 가장 아픈 부분이다. 터전을 잃는다는 것은 생존을 거부당한 거나 다름없다. 과연 영토 개념은 달라졌는가. 달라진 것이 아니다. 생명의 생존은 터전에서 시작되고 터전에서 끝이 나는 이상, 생

　　　　　　　　　　　　　生命의 아픔

명이 생명인 한 영토 개념은 달라질 수 없다. 다만 수치에 가려 사람들은 그것을 망각하고 있을 뿐이다. 마을길을 빠져나왔을 때 해는 떠오르지 않았으나 산허리에서 빛살이 하늘로 뻗어나 있었다. 아침이 된 것이다. 길 오른편은 언덕이었다. 언덕에는 달맞이꽃이 이슬을 머금고 피어 있었다. 톱니같이 거칠어 보이는 잎사귀와는 판이하게 연한 노란빛의 꽃은 연약하고 귀스럽다. 길 왼편에는 잡초가 우거진 논이 펼쳐져 있었는데 백로 식구 세 마리가 역시 연약하고 귀스러운 그 순백의 모습을 드러내놓고 있었다.

창조의 오묘함이 새삼스럽게 가슴을 친다. 그러나 곧 달맞이꽃은 땅속으로 묻혀 생을 마감할 것이며 백로는 어느 곳으로 식구를 거느리고 떠날 것인가. 진정 이것은 감상일까. 도식적이며 획일적인 것은 그 단순함으로 하여 능률적일 수도 있고 시간과 물자 에너지의 절약일 수도 낭비일 수도 있다. 그것은 반자연의 본질이다. 사람들은 망각하고 있다. 속성된 그것에, 획일적인 그것에, 단순한 그것에, 끝없이 반복되고 복제된 그것에 지불해야 할 이자, 결국에는 거덜이 나고 만다는 사실을.

3. 타성에 대한 두려움

외적인 힘의 작용이 멎어도 물체는 타성에 의해 한동안 동작을 지속한다. 그러다가 서서히 정지하는데 으레 그런 것이려니 무심하게 보아 넘긴다. 그러나 그것이 물체만의 현상이겠는가. 타성은 정지를 예정한 것이며 서서히 죽어가는 과정의 상태라 할 수도 있겠고 일종의 가사 상태로도 볼 수 있을 것 같다.

무심하게 지나 보내는 일상이 갑자기 두렵고 막막하게 느껴진다. 무한하게 뻗어가는 횡선 같은 공간과 끝없이 달리는 종선과도 같은 시간은 십자가를 연상하게 되는데 생명 하나하나가 짊어진 삶의 십자가에는 도시 어떤 의미가 있는 것일까.

해묵은 물음인 것을 알면서도 그 의문에는 여전히 고통과

생명의 아픔

환희의 힘찬 박동이 있다. 보이지 않는 실재, 그것은 영원한 희망이며 또한 절망이다. 다만 확실하게 인식하는 것은 보이지 않는 질서와 법칙 속에서 모든 생명의 삶이 명명하고 있다는 사실이다.

얘기를 하다 보니 그 같은 질서나 법칙이 숙명론과 깊이 연계된 것 같기도 하고 그것이 어떻게 다른가, 묘한 혼란에 빠지게 되는데 왜 혼란에 빠지는 걸까. 수천수만 년일지도 모르지만 거듭되는 체험에 의해 문화든 문명이든 혹은 진화든 간에 그것을 통해 인류는 오늘에 이르렀고 삶의 방식이 진보한 것도 틀림없는 일이다.

그러나 우리가 그냥 그대로 원점에 서 있는 것을 과연 어떻게 부정할 수 있을까. 오히려 현대인의 의식은 축소되고 말았다. 보이지 않는 실재를 용납하지 않으려는 물질문명의 속성에다 불확실한 것에는 사사오입식으로 매듭을 지어버리는 합리주의를 금과옥조로 삼았기 때문이다.

혼란을 느끼는 것은 합리주의가 빚어낸 모호성 탓이며 동시에 언어의 독선을 몰고 왔기 때문이다. 가령 기적과 미신의 본질이 어떻게 다른가, 우주 법칙과 숙명의 본질은 어떻게 다른가, 실증을 못 하는 사정은 피장파장, 요는 이것이 옳고 저것은 그르다는 확신에 대한 모호성을 말하는 것이다.

물론 모든 생물은 선택함으로써 삶을 지속하고 사람도 예외는 아니다. 그러나 이것 아니면 저것이라는 이원론적 선택에는 억압이 내포되어 있다. 가시 밖은 무한이며 불확실이 충만해 있는데 그것을 다 생략하는 물질문명의 상자 속에는 자연이 있을 수 없고 따라서 자유 개성도 있을 수 없다.

그러나 그보다 중요한 것은 모든 사물은 모순 위에 존재하며 바로 그것이 균형이라는 점이다. 물과 불은 다 같이 있어야 하는 것이지만 어느 한편이 성하면 동티가 난다. 불이 강하면 초토화될 것이요, 물이 넘치면 땅은 매몰되고 말 것이다.

물질 숭배의 이 시대는 지구가 파괴되는 시대이기도 하다. 당연한 귀결이다. 사방에서 지금 위험신호를 보내오고 있으나 지구는 태풍 전야같이 조용하고 사람들은 일상을 되풀이하고 있다. 왜 그럴까. 그것은 본래 물질이란 수동적인 것이기에 그러지 않을까. 수동적인 것에는 가하는 힘이 없어질 때 타성에 빠지기 마련이며 결국 정지하게 돼 있다.

확실한 것만을 원하고 눈에 보이는 것만을 취하며 표피적인 것들이 본질로 둔갑하고 살아 있는 것에만 부여했던 능동적인 것을 어느새 버림으로써 사람들은 숭배하는 물질을 닮아 가고 있는 것이다. 언뜻 생각하기에는 바쁘고 분주하고 활기에 넘쳐서 모든 것이 다 돌아가고 있는 것 같기는 하다. 소위 능동적으로. 그러나 그것은 욕망을 위한 능동이다. 욕망은 물질 숭배와 결부되어 있기 때문에 결국에는 타성을 면키 어렵다. 우리가 오늘 이 어려움, 이 함정에서 벗어나기 위해서는 진실에 대해 능동적으로 나아가는 것 이외에 달리 방도가 없지 않을까 싶다.

생명의 아픔

당면한 이 나라의 현실에서도 도처에 그 타성의 현상이 나타나고 있는 것 같다. 환경 문제에 대해서는 말할 것도 없고 사고나 정치를 대하는 국민들의 의식은 그야말로 타성의 늪에 빠진 것 같은 느낌을 준다.

특히 요즘 정치판에서 벌어지고 있는 작태를 바라보는 국민들의 눈이 그런 것 같다. 심하게는 만화를 보고 있는 것 같기도 하고 무성영화를 보고 있는 것 같기도 하다. 몸짓, 발짓, 쉴 새 없는 입놀림, 그러나 소리가 들려오지 않는다. 그들은 무엇을 얘기하고 있는 걸까. 욕망이 넘치는 능동적 행위인 것만은 확실하다. 입장을 바꾸어 그들이 국민을 바라보는 시각은 어떤 것일까. 어항 속에서 입만 뻐끔뻐끔 벌리며 생존해 있는 것만을 표시하는 붕어 꼴로 보이는 걸까. 한편에서는 만화를 보고 한편에서는 어항 속의 붕어를 보고, 이것이 오늘 이곳의 에누리 없는 풍경일까.

한숨이 나온다. 아무짝에도 쓸모없는 가냘픈 한숨. 환경 문제는 입으로만 처리하고 하루가 멀다 하고 일어나는 사고는 하루에서 끝내고 잊는 것이 상수, 5·18 문제는 눈치 보아 가며, 무라야마 도미이치의 망언에 대해서는 성대 조절하기, 산적한 문제들은 휴지같이 일단 밀어놓고, 놓칠세라 달려가는 권력에의 고지, 너 나 할 것 없이 이해 분배에 혈안이 되어 있고, 겨 묻은 개 똥 묻은 개 성토하고 똥 묻은 개 겨 묻은 개 성토하기, 과연 진실에 대해 능동적인 사람은 몇이나 될까. 지식인들에게도.

4. 처절한 희극

작년 가을, 청와대 조찬에 초대되었을 때 대통령께 딱 한 가지 부탁한 것은 제발 골프장 허가를 내어주지 말아달라는 것이었고 대통령은, 내가 취임한 후 단 한 건도 골프장 허가는 없었다—단호한 대답이었다. 세상사에 어두운 나는 그때 어리둥절했다. 연방 산이며 구릉이며 마구 까뭉개는 현실이 납득되지 않았던 것이다. 뒤늦게야 제6공화국 말기 무더기로 허가된 것이며 건수가 무려 139개나 된다는 것을 알고 망연자실했다. 그 허가 과정에서 비자금을 챙겼다는 설도 있었다.

놀랄 일이 어디 그것뿐일까마는 삶의 터전이며 생명을 지탱하는 산야까지 탐욕의 손이 미쳤다는 데 절망적 문제가 있다. 뱁새가 황새를 따라가려면 가랑이가 찢어진다던가. 캐

생명의 아픔

나다나 미국 같은 광활한 땅, 끝없는 평원의 그런 곳이라면 몇백의 골프장쯤 새 발의 피 같은 것이겠으나 우리 국토의 사정은 다르다. 삼면이 바다로 둘러싸인 좁은 반도가 산으로 연이어져 있다는 것은 사실 그 자체가 천혜요 축복이다. 산은 튼튼하게 뿌리 박아 병풍같이 국토의 외풍을 막아왔다. 맑은 공기로 우리를 숨 쉬게 했으며 생명수를 공급했고, 세월에 퇴적된 흙에 의해 억조창생 삶을 이어온 귀한 자산이며 기본이며 자부심인 국토일 뿐만 아니라, 뱁새와 황새가 각기 조건에 따라 생존의 방식을 터득했을 것인즉 가랑이가 찢어질 절실한 이유도 기실 없는 것이다.

그러나 곡식 한 알의 생산과도, 학교 하나, 공장 하나와도 무관한 몇십만 평, 산을 동강 내고 숲을 작살내고 소수의 운동가 폼 잡는 속물들을 위해 산야를 죽여나가고 있다. 골프장에 뿌려지는 맹독성 농약은 생활 오수에 보태져서 근해로 흘러갔을 것이며, 지난여름 적조 현상으로 넋을 잃은 어민들 얼굴이 떠오르고, 산사태로 논밭을 망친 농민들의 땅이 꺼지는 한숨 소리가 들려온다. 비자금 해외 도피, 부동산 매입, 사채놀이, 무기 구입에 얽힌 부정, 기라성 같은 재벌들의 상납, 그것이 모두 사실이라면 골프장 허가와 관련된 비자금은 빙산의 일각인 셈이고 도시 그 비자금이 얼마나 되는지 상상이 안 된다. 쇠를 먹는 불가사리가 무색할 지경이다.

중국의 요순시대는 참된 민주주의의 효시라 할 수 있다. 그 정치 이념은 국토 관리였으며 황하를 다스리는 자가 천자, 즉 국토 관리인이 될 수 있었다. 흔히 하는 말에 민심은 천심이라 해서 천자의 천을 백성으로 풀이하여도 무방할 듯싶다. 서울대학교 총장께서도 언급했지만 통치권자, 통치 자금, 가당치도 않은 말이다. 시대착오도 유분수다. 더더구나 국민에게 사과한다는 사람이 통치 자금 운운. 망발은 또 있었다. 구치소로 가기 전에 노태우 씨는 애국자요 지도자요 희생자같이 거룩한 말을 남겼다. 재벌들의 사법 처리, 대선 자금의 분분한 비밀의 원인 제공자가 누구인데? 그 많은 국민의 몫을 갈퀴질하여 사채놀이까지 한 범법자가 할 말은 아니며, 추호의 뉘우침도 없는 그는 바보인가, 아니면 국민 모두를 바보로 착각했던 걸까.

지금 정계에도 망발의 꽃이 만발하고 있다. 전면전쟁의 선포도 그 한 예인데 국민을 얕잡아 보는 공포의 그 용어는 정말 끔찍하다. 쓰레기 속에서 배춧잎을 주워다가 끓여 잡수셨던 김구 선생의 어머님, 경악과 통곡이 충천했던 삼풍백화점 사고가 났을 때도 야한 각색 각종의 티셔츠를 연달아 갈아입고 화면에 나타났던 정치인, 친일파 돈도 받았다는 김구 선생의 가난과 슬픈 망월동, 그 피 묻은 돈이지만 20억밖에는 받은 것이 없는 청렴한 김대중 씨의 부귀, 가치관의 혼돈에 자꾸 머리를 흔들게 된다. 왜 이렇게 희망이 짓밟혀야 하는 걸까. 20여 년 전 비자금이라는 도깨비방망이를 휘둘렀던 장본인 역시 유구무언일 터인데 내각책임제를 끌고 다니며 염치좋게 지난날에 분칠을 하고, 대한민국의 국민은 건망증 환자가 아닌데도 말이다. 여당도 그렇다. 광야에서 외치는 의인처럼 김대중 씨의 퇴진을 요구하고 있다. 그에 앞서 해야 할 일은 밀어놓고. 우리 조상들은 나름대로 정치철학은 있었다. 그래서 우리는 문화민족일 수도 있었던 것이다. 사고를 거치지 않는 즉흥적 발상, 미숙한 언어 선택, 정치철학이 없는 오늘의 정치인들이 시정잡배와 뭐가 다를까.

대통령은 결단을 내려야 한다. 제 몸에 흠집 내는 용기 없이는 다시 주저앉게 된다. 입으로는 떠들어대지만 덮어두고 너도 살고 나도 살자는 욕망이 정계에 그 얼마나 팽배해 있을지. 그러나 모두 그 욕망을 끊어야 우리는 미래를 지향할 수 있다. 살신성인의 비유가 적합할지 모르지만. 그리고 또 한 가지, 5·18을 매듭지어 광주의 한을 풀어주어야 한다. 그 일을 남겨둔다면 민족 분열의 불씨는 꺼지지 않는다. 김영삼 대통령에게는 시간이 많지 않다. 임기도 그러하나 인생의 황혼, 마지막 조국에의 봉사라 여긴다면 그 이름은 역사에 빛날 것이다.

지금 국민들은 분노를 잊었다. 도처에서 웃고 있다. 배를 잡고 웃고 있다. 조롱의 웃음이 도처에서 진동하고 있다. 이 처참한 현상을 3김 청산 후 나타날 나라살림꾼은 똑똑히 기억해야 할 것이다. 자유인은 떳떳함을 먹고 산다. 자유는 재물보다 권력보다 명예보다 값진 것이다.

5. 총체적 인식의 결여

TV 앞에서 뉴스를 시청하고 있었는데 별안간 '이중하'라는 이름이 뇌리를 스치고 지나갔다. 맥락도 없이 아득한 세월 저편에서 그 이름이 다가왔다가는 사라지는 것은 대체 무슨 까닭일까. 이중하는 갑신정변이 일어났던 이듬해인 1885년, 그러니까 지금으로부터 110년 전에 토문감계사로 임명된 인물이다. 명성황후와 대원군은 그칠 줄 모르며 정치적 암투를 벌이고, 개화파, 수구파는 치열하게 상쟁하고, 열강은 벌떼같이 몰려와서 노다지 캐듯 이권을 챙겼었다. 특히 일본은 침략의 독아를 노골적으로 드러내 침투해 오던, 그야말로 내우외환에 나라가 휘청거렸을 때였다.

그때 북방 간도 땅에서는 또 변발과 호복을 마다하고 청국에 귀화하는 것에 한사코 불응하는 조선족 유민 때문에 일어난 국경 분쟁이 있었다. 귀화하든지, 아니면 두만강 너머로 철수하라는 청국 요구에 10만 유민을 두고 진퇴양난에 처한 조선 정부는 종성 사람 김우식을 시켜서 백두산을 답사하게 하여 정계비를 찾아내었다. 그러고는 정계비에 명시된 토문강은 북류하여 송화강에 이르는 것으로서 토문강 밖의 유민은 철수하되 도문강 밖, 즉 간도 땅의 거주자는 조선 영토인만큼 철수할 이유가 없다는 방침을 정했다. 조선 정부는 청국과 3차에 걸쳐 담판을 했는데, 그때 이중하는 "차라리 내 목을 쳐라! 그러나 국경선은 결코 축소할 수 없노라"고 극렬하게 주장하며 물러서지 아니했다. 결국 일제강점기에 와선 만주 침략의 발판이 될 철도부설권을 얻어내려고 일본은 청국과 간도협약이라는 것을 체결했고 국경선은 두만강 쪽으로 물러나고 말았다. 경술국치이 무효라면 간도협약도 무효라 할 수 있다. 현실적으로 그 가능성은 희박하다 하더라도 이치가 그렇다는 얘기다.

각색을 전혀 하지 않았다 할 수 없고 강자 편에 서서 기술했을 것이라는 의혹도 배제하기 어려우나 여하튼 영웅호걸, 성인군자, 신의에 투철한 의인들의 발자취를 역사에서 우리는 적잖게 접해왔다. 오늘날 그게 뭐 그리 대단한 귀감이라고, 혹 시답잖게 생각할 사람도 있을 듯싶어 착잡한 심정이기는 하나, 일제 36년 그동안에도 저 연해주의 눈보라를 헤치며 만주 벌판 빙하를 행군하던 독립전사들, 그들 중에도 큰 별은 많았다. 어느 산야에서 까마귀밥이 될지 기약도 없이 보상의 그날까지 묵시한 채 사라져간 사람들, 이미 나라의 지배 밖으로 떠난 유민들의 터전을 지켜주기 위하여 목을 내걸고 항쟁한 이중하, 오늘은 그런 사람들의 설 자리가 없는 시대인가. 내 목은커녕 내 호주머니 속에 돈만 두둑이 밀어넣어 준다면야 그까짓 유민, 국경선인들 대수인가. 그도 그럴 것이 나라를 지킬 비행기의 기종 변경에 뇌물이 거래되었다는 설이 있으니 말이다.

욕망에 잠 못 이루는 저 악머구리 떼가 울어대듯 시끄러운 소리는 지금 우리가 어디에 서 있는가를 잊게 한다. 국민을 볼모로 치부와 권력에 환장한 무리, 염치는 떼어다가 어느 나무에 걸어놨는지 지지해 달라, 내 말만 믿으라, 나에게 동정을 보내다오, 그 몰골을 차마 바라볼 수가 없다. 옛날이 좋았다는 얘기가 아니며 돌아가자는 것도 물론 아니다. 시간은 돌아오는 것이 아니며 돌아가는 것도 아니다. 확실하게 돌아오는 것은 결과뿐이다.

사람이 바라볼 수 있는 시야의 넓이는 과연 얼마나 되는 걸까. 사람이 인식하는 확실함은 또 얼마나 될까. 우주 공간에서 본다면 한 알 모래만큼일까. 가시적인 것과 물증으로는 총체적인 것을 인식하지 못한다. 가시 밖의 무궁한 공간과 불확실한 것에 우리는 둘러싸인 존재이기 때문이다. 다만 열린 마음으로 총체적인 것을 느끼지만 그것도 어렴풋하게 파악될 뿐. 그러나 그것은 본질에 접근하려는 열망이며 절묘한 균형의 추

생명의 아픔

구다. 절묘한 균형이야말로 창조하고 우리를 존속하게 하는 힘이며 삶의 비밀 그 자체인 것이다. 오늘과 같이 모든 것을 분업화하고 전문화하여 또 그것으로 발전해 온 것도 사실이지만 차츰 총체적인 것을 망각하게 한 발전은 균형의 파괴를 초래했고 해체 현상으로 나타났으며, 생명의 터전인 생태계는 물론 인성도 균형을 잃어버렸다. 욕망만 돌출하여 사회 전반에 걸쳐 온갖 해괴한 일이 자행되고 지식은 재탕을 되풀이, 창의성을 죽여버린 미래의 일꾼들을 생산하고 있는 것이다.

원주의 새벽하늘은 아름답다. 은가루를 뿌려놓은 듯 더러는 샛별이 깜빡거린다. 무진장으로 널려 있는 별들과 모든 생물, 보이지 않는 미물에 이르기까지 그 삶의 운행이 한결같음에 가슴이 떨린다. 소름 끼치게 엄숙한 균형을 우리는 깨면서 스스로 자멸하려 하는가. 그렇지 않을 것이다. 인류는 만난을 헤치고 살아남는다는 것을 믿고 싶다. 핵무기, 오존층 파괴, 대기 오염, 물의 고갈, 잘못 잡혀진 방향을 다잡아 궤도 수정할 것을 믿고 싶다. 결자해지라 했던가. 시끄러운 악머구리 떼 울음은 사양의 만가쯤으로 생각하고 보편적 삶을 위한 총체적 인식 아래, 역시 그것은 과학의 몫일 것이다. 또 하나의 새로운 시작.

제4부
생명의 땅

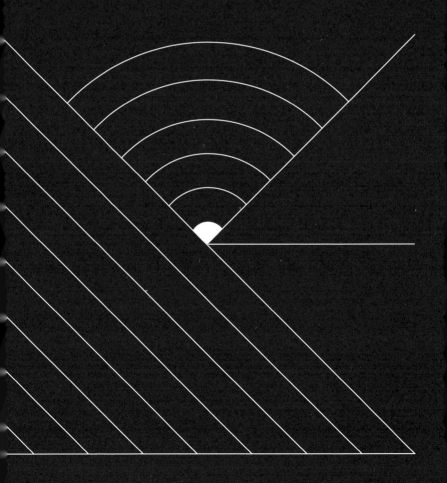

1. 지리산 ─ 그것은 어머니의 품이다

조물주가 꽃에게 생명을 심었을 적에 꺾어도 된다는 허락을 하지는 않았을 것이다. 피고 지고 열매를 맺는 꽃의 생애, 어여쁜 자태는 기쁨이요, 조락凋落은 슬픔일 것이며, 열매는 새로운 생명을 잉태하거나 혹은 생명 있는 것들의 생명을 있게 하기 위하여 동화된다. 그러나 유독 사람만은 꽃을 꺾어 즐기며 희롱하며 꾸미기 위하여 한 생명의 생존을 처단하는 것이다. 이른바 문화가 지닌 한 속성이다. 한대漢代의 지식인과 관리의 경제 논쟁을 수록한 「염철론」을 볼 것 같으면 문화 부정의 흔적을 발견하게 되는데 가외 것으로 보는 문화─지성知性들의 그 같은 인식은 참으로 오뇌스럽고 발 뿌리가 흔들리는 느낌을 받는다. 현실론을 제기하는 관리, 이상론을 들고 나오는 지성, 물질과 도덕이 강하게 맞서는 그때 그곳 사

생명의 아픔

정을 응시하다가 간신히 나는 도덕을 정신으로 대치해 놓고 이곳, 오늘의 우리 사정을 납득하려 했다. 그러나 진실과 진리는 모순과 갈등 너머 저만큼, 오리무중이었다. 도덕으로 혹은 정신으로 집약해 보는 언어의 경우에도 그것을 다시 수천 수백의 가닥으로 펼쳐서 접근을 시도해 보지만 진실은 여전히 오리무중, 변두리만 감돌 뿐 영원한 평행선이다. 심장이 터져라, 목이 터져라 외쳐보아도 결국 재채기만 반복하고 있는 것 같은 절망감을 안겨준다.

긴 서설은 지리산을 말하고자 하는 내 심정이다.

백두산이 우리 민족의 영산靈山이라면 지리산은 우리 민족의 육신 같은 존재가 아닐까? 우리의 살갗, 우리의 심장, 우리 민족의 혈흔이 점철된 곳, 지리산은 산 중에서도 겹겹이 쌓인 겹산이며 어느 산보다 많은 생명을 포용했었다. 숨을 곳이 많다는 것은 헤치려는 의지를 부르고 생존이 가능하다는 것은 생존을 저해하려는 힘을 부른다. 산세와 위치로 하여 상호작용이 강인하고 첨예했던 지리산은 우리 근대사의 축소판이라 하여도 지나치지 않으리. 핍박받는 사람, 쫓기는 사람, 볕바르게 살 수 없는 사람, 자유를 갈구하는 사람들을 보듬어 주었던 산, 일제에 항거하는 영혼들이 모였으며 일제 징병을 거부하는 젊은이의 은신처였던 곳, 6·25 전쟁 때는 민족 상잔의 현장으로 까마귀 떼의 울음과 작렬하는 포성으로 가득하였던 곳. 그 처연한 소리들은 모성인 지리산의 울부짖음이며 오열이었을 것이다. 살갗이 찢기고 심장이 터지고 홍수로 흐르는 피의 통곡이었을 것이다. 지금 그의 찢긴 살갗은 아물었는가. 터진 심장은 다시 뛰고 있는가. 홍수로 흐르던 피는 멎고 조용히 하늘을 우러러보고 있는가. 아니다. 천만에, 아니다. 그 자애롭고 고통스러웠던 모성의 산은 관광지로 개발되어 부끄러운 알몸을 드러내고 수천수만 발길에 유린당하고 있는 것이다.

가볼 수 없었고 가보지 않아도, 화면으로만 보았어도 백두산이 무구하게 있다는 것은 기쁨이다. 일부가 남의 것으로 넘어간 역사의 비애를 씹으면서도 자연으로 있는 한 우리 민족의 얼, 백두산은 희망이다. 문득문득 생각하는 것은 오염되어 살충제·살균제를 공중 살포하는 지리산의 미래다. 만일 그날이 오면 우리의 삶은 어찌 될 것인가. 한나라 지성들의 목소리가 귀에 쟁쟁 울린다. 지리산의 품은 어머니의 품이다. 지리산의 통곡은 어머니의 통곡이다. 지리산의 쇠퇴는 어머니의 쇠퇴다. 그리고 우리의 쇠퇴다.

생명의 아픔

2. 청계천은 복원 아닌 개발이었나

"우리는 청계천 복원, 역사의 복원을 위해 눈물을 머금고 양보했습니다. 그러나 사업의 핵심은 개발이었습니까?"

생계 수단을 내어놓고 협조한 청계천 노점상 대표의 성난 목소리다. 이들 민초들의 충정과 분노에 대하여, 청계천 복원에 다소나마 관여한 만큼 나는 민망하고 부끄럽다. 새삼스러운 것도 아니다. 한두 번 겪어온 일이던가. 살길을 찾아 남부여대, 두만강을 건너서 간도와 연해주 등, 남의 땅을 헤매며 호구지책을 강구하던 한말의 우리 유민들 생각이 난다. 보살핌이라곤 터럭만큼도 받은 바 없는 조국을 위해 독립투쟁을 주도했던 슬픈 그들의 역사, 4·19 때는 혁명을 이룩한 학생들이 빗자루를 들고 어질러진 시가지를 청소하고 있을 때 무위도식한 무리들이 혁명의 열매를 먼저 따 먹겠다고 별의별

단체를 만들어서 박이 터지게 다투던 광경도 눈앞에 선하다. 어찌하여 민초들의 깨끗한 피는 번번이 유린되어야 하며 소수의 사이비들이 나라를 말아먹고 거덜 나게 하는지, 역사는 정녕 그와 같은 역리의 되풀이란 말인가.

청계천 사업을 주관하는 사람들은 가슴에 손을 얹고 물어보아야 할 것이다. 이명박 시장은 맹세코 정치적 목적을 떠나 지순하게 이 대역사를 진행하고 있는지, 그렇다 한다면 그것은 당연히 그래야 한다. 겨울밤 가등 밑에 웅크리던 노점상들이 그 빈한한 생계 수단마저 내놓은 것을 생각한다면 그들 희생에 등 돌릴 수는 없을 것이다. 양윤재 본부장 역시 이해타산과 담쌓고 복원 공사에 몰두하고 있는지, 그렇다 한다면 그도 당연히 그래야 할 것이다. 지식인의 양심은 이 시대의 등불이니까. 참, 말을 해놓고 보니 멋쩍고 찬바람이 가슴을 뚫고 지나가는 것 같다. 썩어빠진 세상, 외면하면 그만인데 밤을 지새며 글을 쓰는 이유는 그 숱한 개발과는 달리 청계천의 복원에는 우리 민족의 얼과 정서를 살리는 숨은 뜻이 있기 때문이다. 그러나 만일에 정치적 의도 때문에 허울 좋은 업적에 연연하여 공기工期를 앞당긴다면, 결과가 복원 아닌 개발이 된다면, 오히려 그것이 빌미가 되어 이 시장의 정치적 역정에 누가 될 것이다. 또 만일, 추호라도 이해라는 굴레에 매달려 방향을 개발 쪽으로 튼다면 양 본부장 역시 역사의 죄인이 될 것이다.

그는 그렇다 치고 납득이 안 되는 일이 두 가지가 있다. 하나는 복원 전문도 토목 전문도 아닌 조경 전문가가 어찌 본부장인가 하는 점이다. 옛날, 큰 건축공사를 총괄하는 도편수(도목수)는 재상 감이라 했다. 나라에 바치는 정성과 사물을 보는 안목을 따졌던 것이리라. 두 번째 납득이 안 되는 것은 '청계천 복원사업 설계보고'에 관한 것이다. 항목별로 돼 있는 것을 보니까 하천 분야가 7페이지, 하수도 분야가 3페이지, 유지용수 분야가 4페이지, 도로 분야가 5페이지, 교량 분야가 22페이지, 다음 조경 분야는 압도적으로 27페이지에 이르고 있다. 조경 전문가인 양 본부장은 아전인수를 일삼은 것일까? 의혹을 떨쳐버릴 수가 없고 조경의 예산이 도시 얼마인지 궁금해진다. 주객이 전도되어도 유분수, 극단적으로 말하자면 예산이 넉넉지 못할 경우, 조경은 안 해도 되는 부분이다. 그것은 겉치레일 수도 있고, 청계천과 비슷한 파리의 센 강에 갔을 때 나는 조경의 흔적을 보지 못했다. 화면을 통해서 자주 접하게 되는 여러 나라 수도를 끼고 흐르는 유명한 강들도 그러하다. 강변은 탁 트여 있을 뿐, 기억에 남은 것은 라인 강의 인어상 정도다. 물길을 잡아주고 홍수에 대비하는 하천 분야, 강물의 오염을 막기 위한 하수도 분야, 교통을 원활하게 하는 교량 분야, 그런 것을 튼튼하게 하면 되는 거지. 조경은 세월 따라 자연이 만들어주게 되어 있다. 앞서 도편수의 안목을 말했는데 우리 문화의 진수는 생략이다. 생략은 저 광활한 지평선과 수평선, 우주와 지구가 맞닿은 곳의 균형과 강건함에 다가가고자 하는 정서이며 소망으로서 아름다움을 추구하는 대단히 높은 우리 민족의 감성인 것이다. 그리 크지도 않고 넓지도 않은 공간인 청계천에 덧붙이고 꾸미고 구조물이 들어앉을 조경은 생각만 해도 답답하다. 복잡하고 어지럽고 규격화에 지친 도시인들은 단조로운 여백 속에서 쉬어야 한다. 야하게 분 바르고 장식을 주렁주렁 매단 여인보다 소박하고 품위 있는 어머니의 품을 생각해 보라. 개 발에 편자라던가? 시냇물에 분수가 가당키나 한가. 설계를 보아하니 요란스러운 교량도 몇 개 있던데 청계천이 잡탕이 될까 두렵다.

그러나 이보다 더 중요한 것은 복원 문제다. 단적으로 말해서 조경 때문에 복원이 희생되고 있는 것 같다. 복원한다는 풍선은 띄워놓고 수표교 복원은 유야무야, 다른 공사가 진행 중인데 수표교 복원이 결정될 때 진행 중인 공사는 뜯어내야 한다는 말을 들었다. 복원을 하게 되면 뜯어내야 할 공사를 계속하고 있는 저의는 무엇인가. 그러니까 복원은 안 하겠다는 속셈이며 그 속셈을 감추기 위한 술책인 것은 의심할 여지가 없다. 수표교는 우리에게 무엇인가. 그것은 우리 문화의 자존심이다. 문화재나 유적의 복원은 어느 나라를 막론하고 국가적 사업으로 신중하고 철저하며 복원 인력 양성에도 막대하게 국가가 투자하는 것이 외국의 사례이다. 결국 청계천은 30여 년 전에 첫 개발에 의해 매장되었고 이번에 또다시 개발에 의해 모든 유적은 파괴되고 유실될 위기에 놓여 있다.

처음, 청계천 복원을 꿈꾸던 몇몇 학자들이, 10년 후에나

가능할까? 20년 후에나? 하면서 토지문화관에 모여 두 차례 세미나를 개최했었다. 어쨌거나 그것이 발단이 되어 시작이 된 청계천 복원사업이다. 지금의 형편을 바라보면서 미력이나마 보태게 된 내 처지가 한탄스럽다. 발등을 찧고 싶을 만치 후회와 분노를 느낀다. 차라리 그냥 두었더라면 훗날 슬기로운 인물이 나타나서 청계천을 명실공히 복원할 수 있을지도 모르는데 정치적 도구로 전락한 청계천, 몸에 맞지 않는 조경의 의상을 입고 한심스러워할 청계천, 몇 년은 더 벌어먹고 살았을 텐데, 노점 상인들이 안타깝다.

3. 철거하되 보존을

여러 해 전에 중국 하얼빈에서 열사기념관을 찾은 적이 있었다. 규모는 그리 크다 할 수 없지만 견고하게 지어진 건물이었고 내부는 북방 특유의 음산한 기가 돌았다. 침략자에 항쟁한 중국인뿐 아니라 그곳에는 상당수 조선족 투사들의 사진이며 자료, 유품도 전시되어 있었다. 듣자 하니 그 건물은 침략 당시 일본군 사령부였으며 수많은 항일 전사들이 처참한 죽음을 당했고 고문으로 낭자했던 장소였다는 것이다.

일본 사령부와 항일 열사관, 극과 극이 대립되는, 말하자면 그 현장에 서서 한때 나는 혼란을 느꼈다. 이 질적인 것들의 이음매라 할까, 자리바꿈이라고나 할까, 그간의 흐름이 좀 기괴했던 것이다. 그 같은 건물의 이용은 중국인의 여유에서일까, 혹은 명분보다 실질적인 것을 취하는 특성 때문일까. 그

생명의 아픔

러나 그러한 내 의문은 잠시였다. 그것은 지독한 아이러니였고 자극적인 것이기도 했다. 학살과 고문의 연상은 전사들의 치열한 정신을 상기하게 했고, 그 치열함은 동시에 침략의 잔혹성을 한층 선명하게 하는 일종의 상승작용을 깨닫게 했다. 바닥에 깔린 중국인들의 의도, 일본을 곤혹스럽게 하는 그 의도, 나는 슬그머니 혼자 웃었다.

  그러나 하얼빈은 중국을 상징하는 도시는 아니다. 또 열사관은 하얼빈의 심장부에 있었던 것도 아니었다. 총독부 구舊건물을 두고 한동안 논란이 있었고 철거가 결정된 오늘까지 왈가왈부, 소리가 끊이지 않는 이유는 여러 가지가 있을 것이지만 그중에서도 이 나라 심장부에 그것이 버티고 있다는 데 가장 큰 문제가 있는 것이다.

  입장을 바꿔 만일 우리가 일본을 침략하여 그들 궁성을 가로막고 통치 청사를 세웠다면 군권을 회복한 뒤 그들은 과연 어떻게 했을까. 헐어버려라! 역사적 산물이니 놔두어야 한다! 이 두 가지 의견은 대체적으로 감성과 이성의 대립으로도 볼 수 있겠는데 기실 감정이나 이성은 다 같이 완벽하지 못하고 상황에 따라 가변적인 것이다. 냉전 종결 후 레닌의 동상을 철거한 것을 우리는 알고 있으며 마오쩌둥 동상 역시 철거와 동시 그것을 축소하여 박물관에 보관했다는 말을 듣기도 했다. 물론 총독부 구건물과 비할 사례가 아닌 것은 알지만. 여하튼 그간 시간은 흘렀다. 머지않아 일제를 체험한 세대는 사라질 것이다. 해서 총독부 구건물이 설사 그곳에 남아 있다 한들 개똥 보듯 지나칠 사람도 없겠으나 그렇다고 이를 덕덕 갈며 바라볼 사람도 별로 없을 것이다. 그 같은 건물을 지어 주어 고맙게 생각할 사람은 더더구나 없을 것이다. 그러니 특별히 적개심에 불을 댕긴다거나 향수를 느낄 리도 없고, 다만 확실한 것은 이질적인 것이 가장 중요한 자리에 버티고 있다는 사실이다. 이질적인 것은 치우는 것이 순리다.

그러나 말살에는 이견이 있다. 역사에 대한 교훈의 하나를 잃기 때문이다. 가능하다면 한적한 곳에 복원하여 일제 36년사의 자료관으로 활용하는 것은 어떨까. 아직 발굴하지 못한 자료도 부지기수일 것이며, 정리 못 한 채 방치한 부분도 있을 것이다. 징병, 징용, 학병, 위안부 같은 것도 한 예일 것이며, 특히 내 겨레의 딸들이 사로잡혀 전선에서 성性의 도구로, 철저히 인간성을 살해했던 만행은 독일의 가스실을 능가하는 것인데 그에 관한 자료도 기필코 남김없이 찾아 정리하고 영원히 보존해야 한다. 인류에게 경각심을 가지게. 우리는 민족이기 이전에 인간이기 때문이다.

끝으로 한마디 덧붙이고 싶은 말은 오늘 우리들의 의식 문제다. 일본인들 일부에서는 아직도 위안부에 관하여 추악한 변명을 늘어놓고 있으며, 패전을 종전이라 하고 만주-조선-대만을 반환했다는 대신 잃었다고 말한다. 개중에는 진짜 '콜론[식민자植民者]'의 아들이로라 은근히 으스대는 인사도 있었

생명의 아픔

는데 그러한 그네들 관광객을 향해 마이크를 들이대며 그 건물을 헐어야 하느냐, 말아야 하느냐 따위의 의견을 묻는 한심스러운 광경을 TV에서 본 적이 있는데, 질문을 받은 일본 여성은 어색하게 웃으며 보존해야 한다나? 그들은 감 놔라 배 놔라 할 이유도 없고 그럴 처지도 아니다. 그것은 우리 자신의 문제다. 제발 좀 성숙해 주었으면 좋겠다.

4. 한밤의 장대비 소리(에 수재를 생각하니)

한밤중.

촛불을 켜놓고 장대같이 내리꽂히는 빗소리를 듣는다.

방 안을 훤하게 비춰주는 섬광에 이어 뇌성은 천하를 흔들고 거위가 소리를 지르곤 한다.

이 무슨 재앙일까. 두렵기도 하지만 인간이 한낱 미물 같아서 슬프다.

화면에서 본 이재민들의 무표정한 모습은 통곡보다 참혹했다.

체념한 때문일까. 희망을 버린 때문일까.

타들어 가는 촛불을 쳐다보며 버림받은 기분이 된다.

왜 버림받은 기분이 될까.

아마도 그것은 일종의 자괴감 때문은 아닐까.

IMF가 우리에게 왔을 때 그것은 마치 유령과도 같았다.

날이면 날마다 텔레비전에 나타난 전문가들은 우리가 납득할 수 있게 열심히 설명을 했으나 그것은 수치적인 것으로, 생명들의 생존을 위한 새로운 대안을 제시하는 경우는 없었다.

해서 수치 그 자체가 유령만같이 생각되었는지 모른다.

'난 부자, 든 거지' '권도살림'이라는 말이 있다. '난 부자, 든 거지'는 화려하고 잘사는 것 같은 겉과는 달리 속으로는 빚투성이로 쪼들린다는 뜻이며 권도살림이란 밑돌 뽑아 윗돌 고이고 윗돌 뽑아 밑돌 고이는, 그러니까 둘러맞추어 가며 하는 살림을 뜻하는데 그 말에는 다 같이 비아냥거림이 숨어 있다.

옛날 우리네 어머니들이 강한 비판과 부정을 품고 내뱉은 말들이다.

사실 신물 나는 경제 얘기는 더 이상 하고 싶지 않다. 외국에서 돈을 더 빌려온다고 권도살림이 끝날 것인지 의심스럽고 생산을 독려한다 하더라도 세계의 시장은 무한한 것도 아니다.

그러면 우리들 인류가 살아남을 길은 어디에 있을까.

그것은 단순 명료하다. 먹을 것, 입을 것, 눈비 가릴 주거의 확보. 이같이 생존을 위한 기본만 보장이 된다면 두려울 것이 없다. 그 기본을 보장하는 것이 지구라는 터전이며 땅이다.

우리는 지구를, 땅을 얼마나 생각했을까. 진실로 서로가 서로를 필요로 하는 생태계를 얼마나 생각했을까.

지폐보다, 황금보다 우리의 생존을 떠받쳐 주는 것은 바로 터전인 것이다.

먹을 것도 거기서 나고 입을 것도 거기서 나고 집도 터전 위에 세운다. 무엇이 먼저이며 나중인지 사람들은 그것을 망각하고 있는 것 같다.

기본은 줄어들고 상처받으며 훼손되고, 생존의 방식보다 생활양식이 우선되어 쓰레기만 쌓이는 세상. 시장이나 상점을 상상해 보면 알 것이다.

절대적으로 필요한 것보다 그렇지 않은 것이 훨씬 많다는 것을 느끼게 될 것이다.

물자는 한정되어 있다. 에너지도 한정되어 있다. 화훼농장이 늘게 되면 논이나 밭이 줄게 되는 것은 사실이다.

여기서 균형을 잡아야 하는 것이 인간에게 부여된 능력이다.

필요 불가결한 것이 줄어들고 그렇지 못한 것이 늘어난다는 증거로 땅이 죽어가고 있다는 사실. 지구가 망가져 가고 있다는 사실을 들 수 있다.

생존의 욕망이 생존을 파괴하는 결과를 초래하는 욕망이 되어서는 안 된다.

우주가 존재하고 지구를 존재하게 하는 창조적 균형을 넘어서는 것은 이 세상 아무 곳에도 없다.

우리가 그것을 본으로 하여 새로운 균형, 질서를 찾지 못한다면 황금과 지폐가 난무하는 속에서 서서히 죽어갈 수밖에 없을 것이다.

생명의 아픔

5. 우리 문학의 크나큰 산봉우리로……

-고 김동리 선생님 영전에

　언제인가, 아니 가까운 장래, 선생님께서 이 세상을 뜨실 것을 알면서도 비정하게 그것은 현실이 아니기나 한 듯 무심했습니다.

　선생님, 이 배은망덕한 저를 꾸짖어주십시오.

　작년 8월에서부터 오늘까지 저는 어떻게 시간을 보냈는지 마치 무중력 상태에 빠져든 것 같은 생각이 듭니다. 다소의 성취감이 왜 그다지 씁쓸했는지 지칠 대로 지쳐서 산 의미를 잃고 새로운 회의에 빠지기도 했습니다. 그러한 자기 자신의 문제와 마주 보면서 과연 병상에 계시는 선생님을 몇 번이나 생각했을까요. 아마도 저는 생각하고 싶지 않았는지, 네, 그랬을 것입니다.

　『토지』가 완간되어 그 완간본을 들고 선생님을 찾아뵈었을 그때의 충격이 너무 컸기 때문이었을까요.

선생님께서 쓰러지시고 처음 딸애랑 함께 중앙병원으로 갔을 때 우리는 선생님 눈빛에서 반가워하시는 빛을 보았습니다. 그리고 우리 역시 아주 절망적이라는 생각은 하지 않았습니다. 온전치는 못해도 회복하실 거라는 막연한 희망은 있었습니다. 그러나 작년 선생님을 뵈었을 때 그것은 일종의 전율이었습니다. 슬픔과 괴로움의 눈빛, 그 아무도 동참할 수 없는 슬픔과 외로움의 눈빛은 절대적인 것이었습니다. 저도 모르게 항상 어렵기만 하던 선생님의 얼굴을 쓸어드렸습니다. 울음이 터져 나왔습니다. 선생님께서 그토록 추구하시던 죽음의 문제, 바로 그 죽음의 한가운데서 석상같이 누워 계시던 선생님! 그것은 죽음이기보다 인간 본연의 깊고도 깊은, 끝없이 깊은 한恨 그 자체였습니다.

선생님, 무심하고 비정한, 배은망덕의 이 제자를 용서하지 마시고 회초리로 때려주십시오. 20년이 넘는 세월 동안 옥고를 치르는 사위 때문에, 『토지』 집필을 핑계 삼아 세배 한번 변변히 못 한 저를. 그뿐이겠습니까. 『토지』 완간의 요란스러운 잔치, 매스컴은 연일 보도하고, 파리를 다녀오기도 했습니다. 이게 과연 제자의 도리였겠습니까.

부모가 저를 태어나게 했다면, 선생님은 작가로 저를 태어나게 하신 어버이십니다. 세상에 이럴 수가 있습니까. 저 자신 외견상으로 매우 화려했지만 실상 노지露地에 홀로 서 있는 것 같은 일종의 자실감은 저도 나이 든 탓이겠습니다만,

의식의 밑바닥에는 뼈에 저리도록 삶의 허망함을 여실하게 보여주시며 석상같이 누워 계시던 선생님의 모습이 잠재해 있었지 않았나 싶습니다.

선생님은 우리 문학의 크나큰 산봉우리였습니다. 그것이 가신 분에게 뭐 그리 대단한 일이겠습니까마는 위대한 작품뿐만 아니라 기라성 같은 제자들을 길러내신 선생님의 실로 관대하신 업적에 대하여, 남의 나라만큼 바라지도 않습니다만, 국가에서 그 얼마나 유념했는지, 사회는 또 얼마나 민족 문화에 이바지한 거장을 보호했는지, 가슴이 아픕니다. 이념 대립과 산업 제일주의 속에서 선생님의 노년이 고통스럽고 쓸쓸했을 것에 생각이 미치면 역시 가슴이 아픕니다. 그러나 모든 생명이 다 그러하거니와 작가에게는 특히 죽음이야말로 비극적 드라마의 최절정이 아니겠습니까. 누구나 넘어가야 하는 길입니다. 제자들과 후배들이 다 숙제를 안고 넘어야 하는 고개인 것입니다.

선생님, 고이 잠드소서.

수많은 제자들은 선생님을 길이 기억할 것입니다. 우리 자신들을 위해서 기억될 것입니다.

6. 정 회장의 '낡은 구두 한 켤레'

　어디가 어떻게 아픈지도 모르게 고통스러워서 뒤척이고 있었는데 정주영 회장 별세 뉴스가 TV 화면에 나타났습니다. 충격이기보다 한동안 멍해지는 기분이었습니다. 기어이 가셨구나. 원도 한도 없이 일하시고 가셨구나. 저도 모르게 중얼거려지는 것이었습니다.

　맨 먼저 생각나는 일은 소 떼를 이끌고 분단선을 넘어가는 그 광경입니다. 멋진 드라마였습니다. 그 드라마는 장엄했습니다. 세계에 자랑스러운 우리 민족 본연의 기상을 대변해 주었던 것입니다. 다음 생각나는 것은 현대 산하에서 일하는 하위직 직원들이 하는 말을 우연히 들었습니다만, 울산조선소를 건설할 무렵 정 회장은 버려진 쇠붙이를 줍고 다녔고 낡아서 해진 구두를 신고 다녔다는 것이었습니다. 그 말에서도 감명을 받았지만 말하는 직원의 표정이 내 마음을 따뜻하게 했습니다. 친애하고 자랑스러워하듯 그 소박한 표정, 그러니까 소박한 상사에 대하여 소박하게 표현하는 하위 직원. 참으로 아름다운 한순간의 풍경이었습니다.

우리가 궁극적으로 꿈꾸는 것은 몸에 걸치는 옷이 아니라 영혼의 아름다움, 진실일 것입니다. 그러나 대부분 우리는 명예나 재물, 권세라는 옷에 집착하다가 그 허망함을 깨닫고 세상을 떠나게 됩니다. 돌아가신 정 회장의 낡아서 해진 구두는 무엇을 의미하는 것이겠습니다. 물론 재물이란 사람에 따라 부수적인 것으로 마다할 경우는 드물지만, 정 회장에게 일은 가로놓인 산과 같은 것이 아니었는지, 산 하나하나를 정복해 나가는 데서 오는 성취감, 다시 말하자면 모험가였고 창조에의 정열을 여한 없이 사르고 가신 분이 아니었나 하는 생각이 듭니다.

저는 정 회장에게 신세를 진 사람입니다. 문화일보에 『토지』 마지막인 5부 연재를 끝냈을 때 현대에서 출판기념회를 위해 후원을 아끼지 않았고 정 회장과 정몽준 의원 부부, 계수이신 장정자 여사가 함께 원주까지 오셔서 축하를 해주셨습니다. 멀리 있는 분들로만 생각했기에 뜻밖의 호의에 사실 저는 당황했습니다. '현대'가 신문의 사주이기 때문에 연재소설을 읽은 내 애독자일까? 아전인수 격으로 그런 생각도 했습니다. 아무튼 문인이 별 볼 일 없는 한국 풍토에서 그와 같

145

은 배려는 상당히 고무적인 것이었습니다.

그러나 그것보다 정말 잊지 못할 일이 있었습니다. 프랑스에서 『토지』에 대한 세미나가 있으니 작가가 와서 얘기를 해 달라는 요청을 받고 그곳에 가기 위해 서울로 올라왔을 때의 일입니다. 출판기념회에 대하여 인사를 하는 것이 좋겠다는 주변의 의견도 있었고 저 역시 그렇게 생각하여 현대 사옥으로 갔습니다. 지방에서 세상과 등지고 살아온 처지이고 보니 한국 제일의 재벌 총본산은 저의 기를 꺾었고 난생처음 경험에 촌뜨기가 될 수밖에 없었습니다. 그러나 회장실에 계시는 정 회장 역시 촌사람만 같아서 적이 마음이 놓였습니다. 인사를 드리고 일어서려는데 별안간 정 회장께서 여비에 보태 써라 하시며 돈을 주시지 않았겠습니까. 옛날 아주 어렸을 적에 굉장한 부잣집으로 할머니 심부름을 간 적이 있었습니다. 그댁 할머니께서 50전짜리, 그때는 큰돈이었습니다, 그 50전짜리 한 닢을 손에 쥐어 주시면서 말씀했습니다.

"붓 사 써라."

남에게 돈을 받은 기억은 아마도 그것뿐일 것입니다. 회장실에서 나는 당황하여 어쩔 줄을 몰랐습니다.

"저도 돈 많습니다."

엉겁결에 그런 말을 하며 고사했습니다만 나이 드신 분을 무안하게 해서는 안 된다 싶어 그만 지고 말았습니다. 나올 때는 정신이 하나도 없었고 착잡했습니다. 자존심이 상하기도 했고요. 그러던 제가 어쭙잖게 토지문화관을 맡으면서부

생명의 아픔

터 기금 관계로 정 회장을 찾아뵐 생각을 했습니다. 이것은 공익을 위한 것이며 내 개인과는 상관이 없다는 명분을 내세우고서. 그러나 주변머리 없고 비위가 약한 저로서는 지옥문을 통과하는 만큼 용기가 필요했습니다. 게다가 회사 사정이 어려워져 가서 입 한번 벙긋하지 못했습니다. 정 회장께서 돌아가시고 보니 말 안 하기를 참 잘했다는 생각이 듭니다.

저세상으로 가신 회장님, 저승에서는 소를 타고 피리를 불며 가는 신선이 되십시오. 너무 많이 일을 하셨습니다.

삼가 명복을 빕니다.

7. 빈손으로 와서 일해놓고
빈손으로 돌아가는 사람들

해방 후, 수많은 지도자가 나타났다간 사라졌습니다. 그러나 그들 대부분이 왕과 같은 권력을 탐했지만 세종대왕을 꿈꾼 사람은 없었습니다. 하기는 시절이 하도 수상하여 인성에다 탈을 씌우지 않고는 생존이 힘든 지경이라 문화 따위는 허섭스레기 같은 것, 성역이 없는데 세종대왕인들 별 볼 일 있겠습니까. 장땡은 전략과 전술이지, 이상이나 사명감 같은 것은 아니었으니까요. 이런 세태에서 진정한 문화사업을 한다는 것은 외롭고 적막한 일이겠습니다.

중앙에서 멀어져 있는 처지여서 자세히는 모르지만 대산문화재단이 10년을 꾸준히 민족문화, 한국문학을 위하여 이바지해 온 사실은 저도 알고 있습니다. 쉬운 일이 아니지요. 물질만으로 되는 일도 아니며 봉사 정신과의 괴리가 심한 상

생명의 아픔

황에 회의를 느낀 것도 한두 번이겠습니까. 채산이 맞지 않아 포기하고 재원이 바닥나서 손 털고, 뜻은 세웠으나 절망적 현실에 꺾이고, 그렇게 주저앉는 문화사업체가 부지기수인데 10년 세월을 꾸준히 이어왔다는 것은 예삿일이 아닙니다.

아까는 별 볼 일 없다 하고 무례한 말을 했습니다만 기실 우리는 잊고 있습니다. 불과 20, 30년 동안 나라가 발전한 것은 세종대왕을 꿈꾸는 지도자가 있었기 때문이 아니고 세종대왕이 끌어올린 우리 민족의 문화의식이야말로 오늘의 밑거름이었습니다. 그것도 이제 바닥이 났지요. 촛불은 가물거리고 있습니다. 어둠을 밝혀줄 새로운 촛불이 절실한 시점에 와 있습니다. 지식인들 각성은 두말할 것도 없고 대산문화재단은 더욱 확고한 신념을 느끼게 해주셔야 합니다. 10년을 바탕 삼아 100년, 200년입니다. 죽은 땅이 살아날 때까지―.

모포 한 장 둘러메고 눈보라의 만주 벌판을 뛰던 왕시往時의 우리 독립투사들에겐 독립이 된다는 보장도 보상을 받는다는 약속도 없었습니다. 그래도 모포 한 장 두르고 설원에 누워 그들은 꿈을 꾸었습니다. 끝으로 대산문화재단의 건투를 빕니다.

8. 다시 희망으로

세상이 무섭게 변해간다는 것은 요즘 누구나 하는 얘기로 충격적이거나 감동적인 것이 못 된다. 매사는 그 빈도가 거듭 될수록 신선함, 격렬함이 사라지게 마련이고 타성에 빠지게 돼 있다. 지속적이지 못한 것은 에너지하고 관계가 있는지 모르지만 여하튼 그것은 인간의 한계가 아닌가 싶다. 그 한계 때문에 우리는 현실에 적응할 수밖에 없지 않겠는가.

그러나 분명한 것은 적응이 최선이 아니라는 점이다. 경우에 따라 살아남을 수도 있고 소멸돼 버릴 수도 있다는 양면을 지니고 있기 때문이다. 그것은 또한 역사의 명운 같은 것이기도 하다.

얘기는 좀 달라지지만 민족주의에도 두 가지 측면이 있다. 과거 일제가 내 민족의 생존권을 박탈하고 삶의 터전을 강점

했을 때 민족주의에는 당위성이 있었고 도덕적이며 또한 정의였다. 반면 타민족을 도륙하고 국토를 강탈한 일본의 민족주의, 혹은 국가주의는 그 당위성을 인정할 수 없고 부도덕하며 불의였다. 그러나 힘의 논리로 가치 기준을 삼는 사람은 약육강식의 자연법칙을 말한다. 물론 그것은 호도에 불과한 것, 기실 인간을 제외한 지구상의 생명들은 생존할 만큼 취할 뿐이므로 욕망 무한의 인간이나 집단이 내세우는 약육강식은 내용적으로 그 개념이 다르다.

힘의 논리에 의하면 남을 정벌하여 나를, 국가를 부강하게 했다면 그것은 애국이며 나라를 지키지 못한 것은 치욕이라. 그러니까 살인자, 강도도 영광이요 피해자는 전리품이라는 가치 전도, 이른바 군국주의의 강변인데, 그곳에는 문화가 있을 수 없다. 동물에게 문화가 없듯이. 세계화, 세계주의에도 양면성은 있다. 일찍이 알렉산더가, 가깝게는 일본, 독일의 히틀러가 전쟁을 전제로 세계 정복을 꾀했지만 사실 세계주의는 인류 마지막의 꿈이기도 하다. 세계정부를 구심점으로 전쟁 없는 평화, 인종 간의 약탈 없는 평등을 이상으로 한 꿈인 것이다.

그런데 오늘 세계화의 궁극적 목적은 무엇일까. 불분명하다. 무한 경쟁이라는 말이 출정가처럼 울려 퍼지고 실제 무역전쟁이라는 용어까지 나돌고 있다. 그것은 우리가 현실을 인정할 수밖에 없는 결과임을 부정하지는 않는다. 그러나 현실 다음에 다가올 미래는 어떠할 것인가. 무한 경쟁의 끝은 어디

메일까. 요즘 세계 추세를 보면 민족주의, 혹은 국가주의와 세계화가 전혀 분리되어 있지 않다는 느낌이 든다. 세계주의와 세계화가 다르기 때문일까. 묘하게도 과거 식민지 쟁탈의 악몽 같은 시대가 연상된다. 영토에서 경제로 대상이 바뀌었을 뿐 쟁탈전은 여전하니 말이다.

물론 우리는 과거의 쓰라림, 그 전철을 밟지 않겠다고 안간힘을 쓰는 것이며 미래를 위해 현실을 희생시킬 수도 없을 것이다. 그러나 현실을 위해 미래를 희생시킬 수 없는 것 또한 절실한 문제다. 이 딜레마를 푸는 것이야말로 진정한 세계화의 작업이 아닐까. 생존에 필요한 기본적 의식주를 받쳐주는 생산보다 소위 삶의 질을 높인다는 산업의 생산고가 훨씬 앞지르고 있는 오늘, 그러나 역설적인 것은 삶의 질을 높인다는 바로 그것(문명) 때문에 인류는 삶의 터전을 잃게 된다는 사실이다. 생존을 위한 기본적인 의식주는 자연과 더불어 순환하고 환원되는 것이지만 기본을 넘은 여타의 것은, 그것에 쏟아부은 인력과 자원은 순환하는 것이 아니며 되돌아오는 것도 아니며 결국 쓰레기로 남아서 환경이 파괴되고 오염되고 지구의 자원을 고갈시킬 뿐이다.

그렇다고 옛날로 돌아가자는 것이 아니다. 돌아갈 수도 없다. 여기서 우리는 세계화의 방향을 깊이 생각해야 하며 인류가 더불어 살아남을 길을 모색해야 할 것이다. 21세기는 고도의 기술이 지구 복원에 집약되어야 하고, 순환하고 환원되는

생명의 아픔

새로운 질서를 강구해야 하며, 삶의 질을 내용에서 높여가야 지구 사막화, 인간 사막화에서 우리는 벗어날 수 있을 것이다.

우리 민족 수난기에 선도적 역할, 민족의 희망이기도 했던 《동아일보》는 오늘 어떤 위상일까. 생각해 보면 영상 매체나 첨단으로 치닫는 시대에 신문의 역할은 무엇일까. 이럴 때 신문은 다시 선도적 역할, 희망적 존재로서, 인류 생존을 위한 보다 본질적인 문제, 삶의 터전에다 말뚝을 박아야 할 것으로 생각한다. 그것은 미래를 향한 우리들의 간절한 소망이기도 하다.

9. 김옥길 선생님 영전에

기막힌 아침 보도가 한동안 저를 멍청하게 했습니다.

선생님을 마지막 뵌 것이 7월이었던지요. 고사리마을을 찾았을 때, 그때 벌써 저는 절망했습니다. 마루 유리창 안에 서 계신 선생님을 뜰에서 바라본 저는 순간 간디를 연상했습니다. 모자를 쓰시고 안경을 쓰시고 지팡이를 드신 선생님 모습은 간디 같았습니다.

제가 고사리마을에 가기 며칠 전, 선생님은 서울서 내려오시는 길에 제 집에 들르셨습니다.

잔디밭에 음식을 펴놓고 선생님은 맛나게 김밥을 드셨습니다. 김밥을 맛나게 드신 그 일만이 저에게는 희망이었습니다. 괜찮으실 거야, 회복하실 거야 하면서도 그날의 충격은 너무나 컸습니다.

고사리마을에서는 일종의 체념 같은 것이었습니다. 나으시면 함께 프랑스로 여행하자는 말씀을 드렸을 때 선생님은 유쾌하게 웃으시면서 그러자고 하셨습니다.

선생님, 태산같이 기대고 살아온 저는 어떻게 하면 좋습니까. 선생님은 크나큰 사랑을 주시기만 하시고 제가 보답한 것은 단 한 가지도 없습니다. 지금 통곡하는 심정에서도 나는 어떻게 하나 하는 마음뿐이니 용서하소서.

생각해 보면 20년 가까운 세월, 선생님은 언니 같으시고 선생님 댁은 저에게 있어 친정 같았습니다. 김지하가 체포되고 갓 태어난 아이와 우리 모녀가 정릉 골짜기에서 사무고친·고립무원의 상태였을 때 아이의 옷 한 아름을 안고 오신 선생님, 아이 기죽이지 말라 하시며 서울 근교 백화점, 식당, 안 간 곳 없이 데리고 다니신 선생님, 보일러 동파로 아파트를 전세 내어 피신했을 때 바쁜 장관 생활 속에서도 알리지 않았다고 나무라시며 찾아오신 선생님, 어찌 그 많은 사연을 다 말할 수 있겠습니까.

급한 일만 있으면 봉원동 선생님 댁에 뛰어가곤 했는데 이제 저는 어디로 뛰어가야 합니까. 항상 우리 주변에 있는 공기의 고마움을 모르다가 공기가 없어진 뒤 숨 가빠하듯, 선생님! 저는 숨이 가쁩니다. 오직 회한으로 숨이 가쁩니다.

원주에 와서 그 알량한 소설 쓴답시고 고사리마을엔 1년에 한 번 가기도 어려웠고 어떤 때는 2, 3년을 넘긴 저 자신, 원고만 끝나면 그때는, 하고 선생님을 천년만년 사실 거로 알았나 봅니다. 가끔 서울서 오시는 길에 들르시면 누가 가져갈 게 뭐 있냐며 걸어 잠그고 고사리마을에 오라고 하셨습니다.

너무나 일찍 많은 회한을 남겨놓고 가셨습니다. 병원에서도 선생님은 우리의 손을 잡고 웃으셨습니다.

우리 집 뜰에서 김밥 드시고 차에 오르실 때도 웃으셨고 고사리마을에서 마지막 헤어질 때, 서울 가는 지름길을 자상하게 설명해 주셨고 우리에게 손 흔드시며 웃으셨습니다. 마지막까지 웃으셨습니다. 당신은 확실히 거인이셨습니다. 그러면서도 즐겨 신으시던 하얀 남자 고무신 한 귀퉁이를 뚫어 빨간 리본으로 묶어서 자기 신발인 것을 표시하실 만큼 섬세했습니다.

이른 아침 새소리가 창가에서 들려옵니다. 편안한 배를 탄 듯한 선생님의 분위기를 어디 가서 느낄 수 있을까요. 평생 남에게 베푸시기만 하시더니 훌훌 모든 것 다 떨쳐버리시고 홀로 가셨습니다.

고사리마을에 갔을 때 제가 지은 실크 윗도리를 찬바람 불면 숲에 나가실 때 입으시라고 가져갔었는데 그것, 입지 못하셨겠네요. 전에 한 벌 드린 것을 낡을 때까지 편해서 입으셨다고 하셨는데 왜 이번에는 그 옷 낡을 때까지 사시지 못하셨습니다. 이 해만이라도, 이 가을만이라도 기다렸다가 그 옷 입으시고 숲속을 산책하셨더라면……. 원망스럽습니다, 선생님.

선생님, 부디 고이 잠드소서.

생명의 아픔

10. 물질의 위험한 힘

최근에 나는 식중독을 두 달간 앓았습니다. 처음에는 식중독인 줄 모르고 한 달이나 지내다 보니 기력이 많이 떨어졌습니다. 오래 앓아온 고혈압과 당뇨병으로 눈도 나빠지고 병이 여러 가지 겹치다 보니 몸이 예전 같지 않습니다. 되도록이면 병원에 가지 않고 견디려고 하는데, 그러다 보니 병이 더 심하게 오는 것 같습니다. 그러나 살 만큼 산 사람으로서 자꾸 아프다고 말하자니 한편 민망한 일이기도 합니다.

몸이 아프면 가장 고통스러운 일이 일을 못 하는 것입니다. 몸이 쇠약해지면 들지도 못하고 굽히지도 못하니 괴롭기 짝이 없습니다. 일이 얼마나 소중합니까? 일은 우리를 존재하게 하는 근원적인 것입니다. 그래서 우리 조상들은 일이 보배라고 하지 않았습니까? 아프다는 것, 죽는다는 것은 생명의 본질적인 작용인 일을 못 하는 것이기에 절망적입니다. 죽음 자체는 아무런 의미가 없다고 생각합니다. 죽음에 대해서 사람들은 두 가지로 추측합니다. 하나는 죽음과 더불어 생명이 완전히 물질화된다고 생각하는 것이고, 다른 하나는 영혼이 어딘가 다른 곳으로 간다고 생각하는 것입니다. 어느 쪽으로 생각하든 죽음은 우리가 알 수 없는 일이기에 두려운 것이 됩니다. 나는 죽음을 당연히 받아들여야 하는 것이라고 생각합니다. 인간이 만물의 영장이라고는 해도 아무리 발버둥 친다 한들 죽음을 마음대로 할 수는 없습니다. 이것은 그동안 살아온 연륜에서 터득한 내 나름대로의 진리입니다.

세월이 흘러서 나이도 많아지고 건강도 예전만 못하니 세상을 비관하고 절망을 느낄 법도 한데 나는 전혀 그렇지가 않습니다. 오히려 인생이 너무 아름답습니다. 문학에 일생을 바쳐온 사람인데도 시간이 흐를수록 문학을 자꾸 낮춰 보는 시각을 갖게 됩니다. 나는 평소에 어떤 이데올로기도 생존을 능가할 수 없다고 말해왔습니다. 글을 쓰는 행위는 가치 있는 일이지만 살아가는 행위보다 아름다울 수는 없습니다. 요즘에는 그러한 생각이 더욱 절실하게 느껴집니다. 살아 있는 것, 생명이 가장 아름답다는 생각이 요즘처럼 그렇게 소중할 때가 없습니다.

비단 인간의 생명뿐 아니라 꽃이라든가 짐승이라든가, 살아 있는 모든 것들의 생명은 다 아름답습니다. 생명이 아름다운 이유는 그것이 능동적이기 때문입니다. 능동적인 것이 곧

생명의 아픔

생명 아니겠습니까. 세상은 물질로 가득 차 있습니다. 그런데 이들은 모두 피동적입니다. 피동적인 것은 물질의 속성이요, 능동적인 것은 생명의 속성입니다.

나는 요즘 피동적인 것에 대한 두려움을 느낍니다. 아무리 작은 박테리아라도 생명을 가지고 태어나서 꼭 그만큼의 수명을 누리다가 죽습니다. 반면에 피동적인 물질은 죽지도 살지도 않습니다. 이 죽지도 살지도 않는 마성적인 힘에 대해서 생각해 봅니다. 인간이 도저히 대항할 수 없는 이 마성적인 힘이야말로 얼마나 무섭습니까? 대량 살상 무기라든지 지구 온난화처럼 인간에게 해악을 끼치는 직접적인 힘은 두말할 필요가 없겠지요. 나는 이 피동적인 물질 자체가 가진 영원함에 두려움을 느낍니다. 사람들은 이것을 건드리지만 않으면, 또는 잘 다스리기만 하면 된다고 말합니다. 그러나 의지도 없고 아무것도 없는 무無 자체, 이 무로서의 물질 자체는 역으로 어떤 일도 할 수 있다는 가능성을 보여주는 것 아니겠습니까?

지금 우리는 민족성이 희석되어 가는 세상을 살고 있습니다. 옛날에 일본의 지배를 받을 때도 일본 사람과 결혼하는 것은 아주 드문 일이었습니다. 나의 고향인 통영에 한 진사집안이 있었는데, 그 집 딸들 중에 둘째 딸이 시집을 갔다 못살고 돌아와서 일본 남자와 동서同棲(동거의 의미-편집자)를 한일이 있었습니다. 그게 통영에서 유일한 경우였는데, 양반 집안에서 남부끄럽다고 가족들이 그녀를 아주 매몰차게 구박

159

하고 홀대했던 일이 기억납니다. 그런데 요즘 세태는 어떻습니까? 도시에서는 말할 것도 없고, 농촌 같은 데서도 국제결혼을 흔하게 보게 됩니다. 내가 사는 마을에서도 태국 여자가 한국 남자와 혼인해서 살고 있는 것을 본 적이 있습니다.

요즘은 지구촌 시대라 해서 하루 만에 지구 반대편까지도 가는 세상이니, 한국 사람들의 의식도 많이 변할 수밖에 없습니다. 민족성 대신에 개인적인 이해관계에 따른 대립이 크게 부각되는 것을 보게 됩니다. 지나간 민족주의 시대에는 나와 민족의 생존을 위해서, 내 국가를 유지하기 위해서 싸웠습니다. 그것은 높은 도덕률과 가치관을 요구하는 면이 있었습니다. 우리 어머니를 위해서, 아버지를 위해서 싸운다는 혈연적인 관념이 개입되어 있었습니다. 반면에 현대의 사람들은 이해관계 중심으로 살아가면서 그 같은 도덕률이나 가치관 대신에 건조하고 즉물적인 삶을 영위하게 되었습니다. 그런 삶이 좋다면야 할 말이 없겠는데, 물질이 개입되어 있으니 좋을 것이 하나도 없습니다. 그러니 미래가 어둡다고 생각하게 됩니다. 세계가 활짝 열려 있어도 주판알을 튕기며 제 잇속만을 따지게 되니 더 비정한 면이 있습니다.

정신적 가치 대신에 물질이 힘을 발휘하는 세상을 살아가는 일은 어렵습니다. 자기 자신이 자기를 위해 살아가는 세상이 되어야 합니다. 자기를 위한다는 것은 좋은 음식을 먹고 좋은 옷을 입는다는 뜻이 아니라 자존심을 지키는 것을 의미합니다. 자존심은 자기 자신을 스스로 귀하게 받드는 것을 말

생명의 아픔

합니다. 부끄러운 일을 하지 않는 것입니다. 사회주의나 자본주의나 모두 물질에 들린 삶을 살아가는 체계입니다. 스스로 멈출 줄 모르는 물질적 메커니즘에 사로잡힌 세계입니다. 나 역시 신문도 읽고 가끔 텔레비전 방송도 봅니다만 내가 한적하니까 하는 일이지 물질에 편향된 뉴스가 나의 삶에 커다란 도움이 된다고 생각하지 않습니다.

　문학을 하는 사람들은 상업적인 사고를 버려야 합니다. 간혹 상업적인 사고를 가진 문학인들을 볼 수 있는데, 진정한 문학은 결코 상업이 될 수 없습니다. 문학은 추상적인 것입니다. 눈에 보이고 손으로 만질 수 있는 컵 같은 것이 아닙니다. 손에 잡히지 않는 정신의 산물을 가지고 어떻게 상업적인 계산을 한단 말입니까? 나는 독자를 위해서 글을 쓴다는 말도 우습게 생각합니다. 독자를 위해서 글을 쓴다면 종놈 신세 아닙니까? 독자들 입맛에 맞게 반찬 만들고 상차림을 해야 하니 영락없는 종놈 신세지 뭡니까. 문학은 오로지 정신의 산물인데, 그렇게 하면 올바른 문학이 탄생할 수 없습니다. 나는 출판사에서 저자 사인회를 하는 것도 탐탁지 않게 생각합니다. 방송국에서 가끔씩 출연 섭외가 들어오기도 하는데, 카메라를 의식하면서 이야기해야 하는 이중성 같은 게 느껴져서 거의 거절하고 맙니다. 스스로 자기 자신의 이중성을 볼 때처럼 기분 나쁜 일이 또 어디 있겠습니까? 대신에 나는 내 영혼이 자유로운 시간을 더 얻는 기쁨을 누립니다. 조금이라도 자유롭게 살고 싶습니다. 물질만능주의에 따른 명예나 돈 같은 것은 별것 아닙니다. 자기가 누릴 수 있는 자유가 최고입니다. 나의 삶은 내가 살아가는 그 순간까지만 내 것이지 그 후에는 내 것은 아무것도 없습니다.

요즘 나는 시를 쓰고 있습니다. 예순 편 정도를 추려서 시집을 내려고 생각합니다. 생애 마지막 작업이라 생각하고, 가족사 같은, 내가 잃어버렸거나 잊어버린 일들을 담아내려고 합니다. 한평생 소설을 써온 내게 시는 나의 직접적이고 날것 그대로의 순수한 목소리를 지닌 것입니다. 소설도 물론 그 알맹이는 진실한 것이지만, 목수가 집을 짓듯이 인위적으로 설계를 해야만 하는 일입니다. 같은 돌멩이라 해도 큰 것과 작은 것의 차이만 있을 뿐이지 모든 존재는 질적으로 동등합니다. 다만 요즘의 내가 자연스럽고 자유스러운 양식에 더 이끌리고, 물질적이고 인위적인 것의 위험한 힘을 더욱 경계하게 되는 것은 나이를 많이 먹었기 때문인 것 같습니다.

생명의 아픔

생명의 아픔

초판 1쇄 인쇄 2025년 2월 28일
초판 1쇄 발행 2025년 3월 13일

지은이 박경리
펴낸이 김선식

부사장 김은영
콘텐츠사업2본부장 박현미
콘텐츠사업6팀장 임경섭 **콘텐츠사업6팀** 정지혜, 곽수빈, 조용우, 이한민, 이현진
마케팅1팀 박태준, 권오권, 오서영, 문서희
미디어홍보본부장 정명찬 **브랜드홍보팀** 오수미, 서가을, 김은지, 이소영, 박장미, 박주현
채널홍보팀 김민정, 정세림, 고나연, 변승주, 홍수경
영상홍보팀 이수인, 염아라, 석찬미, 김혜원, 이지연
편집관리팀 조세현, 김호주, 백설희 **저작권팀** 성민경, 이슬, 윤제희
재무관리팀 하미선, 임혜정, 이슬기, 김주영, 오지수
인사총무팀 강미숙, 이정환, 김혜진, 황종원
제작관리팀 이소현, 김소영, 김진경, 이지우
물류관리팀 김형기, 김선진, 주정훈, 양문현, 채원석, 박재연, 이준희, 이민운

펴낸곳 다산북스 **출판등록** 2005년 12월 23일 제313-2005-00277호
주소 경기도 파주시 회동길 490
전화 02-704-1724 **팩스** 02-703-2219
이메일 dasanbooks@dasanbooks.com
홈페이지 www.dasan.group **블로그** blog.naver.com/dasan_books
용지 스마일몬스터피앤엠 **인쇄 및 제본** (주)상지사피앤비 **코팅 및 후가공** 제이오엘앤피

ISBN 979-11-306-6453-8 (03810)